Philine Rouge

Begehre mich

Leidenschaftliche Kurzgeschichten

AF216534

Begehre mich

Impressum

© Philine Rouge
2. Auflage 2019
Coverfoto: depositphotos.com
Umschlaggestaltung: Andrei Matinkin

Herstellung und Verlag: BoD - Books on Demand,
Norderstedt
ISBN: 978-3-7481-8932-9

Inhalt

Kapitel 1

Das heiße Quartett

Ich genoss den Abend und war glücklich. Obwohl sich dieser ungewöhnlich warme Sommer dem Ende entgegen neigte, waren die Abende und Nächte noch immer sehr lau. Mein Freund Robert und ich saßen im Garten der Ashbys. Wir hatten das Paar vor drei Jahren im Urlaub kennengelernt und damals festgestellt, dass sie am anderen Ende der Stadt wohnten. Seither hatten wir uns mehr und mehr angefreundet, uns regelmäßig getroffen und Einiges gemeinsam unternommen. Robert verstand sich blendend mit Phil, was vielleicht auch daran lag, dass sie Anhänger des gleichen Football-Teams waren. Phils Frau Jenny war dann auch so etwas wie meine beste Freundin geworden. Ihr freundliches und offenes Wesen hatte mich von Anfang an fasziniert. Nachdem es in letzter Zeit aufgrund der zahlreichen Geschäftsreisen von Robert schwierig gewesen war ein Treffen zu arrangieren, hatte es an diesem Abend endlich wieder geklappt. Phil und Jenny hatten uns zu einem BBQ eingeladen, um „den Sommer würdig zu verabschieden", wie Jenny gescherzt hatte. Und so saßen wir seit dem späten Nachmittag im großen Garten der Ashbys und nutzten die letzten Züge des Sommers. Nach dem Essen saßen wir zusammen, tranken Sekt und planten einen gemeinsamen Urlaub.

„Wie wäre es mit Hawaii?", fragte Phil hoffnungsvoll in die Runde.

„Aber nur, wenn du dich in einem hawaiianischen Baströckchen am Strand zeigst", antwortete Jenny und alle lachten herzhaft. Nach langer Diskussion konnten wir vier uns auf Cancún als Ziel einigen. Wir prosteten uns zu und gaben uns der Vorfreude auf die Reise hin, die erst in einem halben Jahr stattfinden sollte.

„Eigentlich wollten wir auch noch etwas anderes mit euch besprechen oder …", sagte Jenny unvermittelt. „Oder besser: etwas fragen", beendete Phil den Satz seiner Frau. Ich sah Robert aus dem Augenwinkel an, der auch etwas verwirrt schien.

„Was denn?", fragte ich.

Sie wirkten beide etwas angespannt, so als müssten sie eine wichtige Präsentation halten.

„Also. Wir hoffen, dass diese Frage keinen Einfluss auf unsere Freundschaft hat", führte Phil aus.

Plötzlich platzte es aus Jenny heraus: „Könntet ihr euch

mit uns einen Partnertausch vorstellen?"

Ich spürte sofort wie mir Erregung in den Kopf stieg und mit Blut und Wärme zwischen die Beine schoss. Ich sah Robert an. Sein Mundwinkel zuckte für eine Millisekunde nach oben, ansonsten verzog er keine Miene.

„Wir denken, dass wir vier gut harmonieren würden. Wir sind jung und stehen in der Blüte unseres Sexuallebens", sagte Phil schelmisch lächelnd.

„Und außerdem sehen wir alle gut aus", lachte Jenny. Meine Gedanken fuhren Karussell und ich spürte, wie sich etwas in mir aufbaute – die erwartungsvolle Ruhe vor dem Sturm. Robert und ich waren im Bett sehr experimentierfreudig und hatten von Rollenspielen, Analsex bis zum Einsatz sämtlicher Spielzeuge schon alles durch. Aber DAS wäre neu! In den Augen von Phil und Jenny sah ich ein erwartungsvolles Funkeln. Ich wollte nicht über Roberts Kopf hinwegentscheiden und setzte zu einer Erklärung an, dass wir das zu zweit besprechen müssten. Doch in diesem Moment ergriff Robert unter dem Tisch meine Hand – und drückte sie einmal fest. Das war ein Zeichen! Wir hatten im Laufe unserer Beziehung einige nonverbale Kommunikations-wege entwickelt und dazu zählte auch dieser Handdruck. Einmal drücken bedeutete laut unserem Code „Ja", zweimal schnell „Nein". Robert wollte! Ich konnte meine Lust nur schwer zügeln und fühlte, wie meine Weiblichkeit feucht wurde.

„Ja … äh … also…", stammelte ich von den Eindrücken überwältigt, als Robert das Wort übernahm.

„Wir haben sehr viel Lust auf dieses Abenteuer. Wann geht es los?", fragte er und lächelte dabei.

„Wenn das so ist: Jetzt!", sagte Jenny.

Sie erhob sich aus ihrem Stuhl und ging auf mich zu. Sie beugte sich zu mir herunter und liebkoste meinen Hals. Ich spürte ihre vollen weichen Lippen und ihre Zunge, die sanft aber intensiv meinen Hals erkundeten. Ohne zu wissen was ich tat, fuhr meine Hand unter ihrem Sommerkleid entlang ihrer Schenkel nach oben. Ich spürte, wie sie Gänsehaut bekam. Meine Hand erkundete jeden Zentimeter ihres Pos. Ich hörte wie sie aufstöhnte. Phil und Robert schien dieses Schauspiel zu gefallen, ihre Augen leuchteten mit einer Mischung aus Vorfreude und Unglaube. Jenny gab mir einen leidenschaftlichen Kuss und ich spürte, wie ihre Zunge mit meiner spielte – meine

Begierde schien in diesem Moment meinen Körper zum Zerbersten zu bringen. Jenny lächelte mich an.

„Dann wollen wir uns mal um unsere Männer kümmern, was meinst du?". Sie ging auf Robert zu und machte sich an seinem Gürtel zu schaffen. Schnell war seine Jeans heruntergezogen und das Hemd aufgeknöpft. Ich sah, wie Jennys Hände den Körper meines Mannes entdeckte und wie sie sich selbst ihres Kleides und ihrer Unterwäsche entledigte. Ich ging auf Phil zu und küsste ihn auf den Hals. Ich roch sein markantes Rasierwasser, dass ich schon immer gemocht hatte und meine Hand wanderte unter sein Shirt - und von da in seine Hose. Ich spürte seine harte Männlichkeit und fühlte, wie ich immer geiler wurde, wie ich immer mehr wollte!

Ich kniete mich vor Phil hin und zog seine Hose und seine Boxershorts herunter. Sein steinharter Penis sprang mir entgegen. Ich öffnete meinen Mund und liebkoste seine Eichel mit meiner Zunge. Er stöhnte auf und keuchte. Neben mir hörte ich Robert, Jenny schien ihm ordentlich einen zu blasen. Ich spürte, wie der Speichel aus meinem Mund lief, als ich meinen Kopf vor und zurück bewegte und fühlte mich unfassbar lebendig. In einer schnellen Bewegung zog ich mein Kleid aus, schob meinen Tanga zur Seite und gab so meine Vagina frei. Ich beugte mich über den Tisch und präsentierte Phil meinen Po.

„Mach es Phil. Besorg es mir richtig!"

Ich fühlte wie seine harte Männlichkeit in mich eindrang. Ich schloss die Augen und genoss jeden seiner Stöße. Er glitt immer tiefer in mich hinein – immer tiefer und tiefer und tiefer … Ich hörte die klatschenden Geräusche der Leidenschaft und fühlte den feurigen Schmerz auf meiner Haut, als seine flache Hand auf meinen Arsch klatschte.

„Ja… ja… Oh Gott!", stöhnte ich vor Lust auf.

Ich öffnete meine Augen und sah, wie Jenny auf dem Boden eine Decke ausbreitete, auf die sich Robert rücklings legte. Jenny setzte sich auf ihn und führte sich seinen harten Penis ein. Sie bewegte sich auf und ab und ihre großen Brüste hüpften mit. Sie beugte sich über Robert und lies sich von ihm ihre harten Brustwarzen lecken und liebkosen. Sie stöhnte und schrie vor Lust, als sie ihn immer heftiger ritt und ihr Becken auf seiner Männlichkeit kreisen lies. Die gesamte Szenerie war unwirklich und sexuell aufgeladen. Zu sehen, wie mein Freund es mit einer anderen Frau trieb, während ich es gerade von hinten besorgt bekam, sprengte meine sexuelle Vorstellungskraft. Doch es fühlte sich gut an! So unfassbar gut! Phil rammte mich immer härter und schneller und ich stöhnte laut. „Weiter Phil, weiter …!" schrie ich und kam kurz danach zu einem intensiven Orgasmus.

„Aaaaaah … Ja!", stöhnte ich befriedigt auf und merkte wie Phil seine Männlichkeit aus mir herauszog.

Kurz darauf fühlte ich sein warmes Sperma auf meinem Po herunterlaufen. Was für ein Gefühl! Ich sah, dass Robert Jenny mit harten Stößen von unten zum Höhepunkt brachte und einen seiner Finger in ihr Poloch gesteckt hatte. Auch sie sackte kurz darauf befriedigt und erschöpft auf meinem Freund zusammen und küsste ihn noch einmal. Ich spürte wie mein Saft auf den Boden tropfte. Jenny gab Roberts Penis frei, stand auf und ging auf Phil zu. Sie küssten sich leidenschaftlich und intensiv. Auch ich ging zu Robert, kniete mich neben ihm auf die Decke und gab ihm einen Kuss. Wir öffneten unsere Lippen und unsere Zungen verschmolzen. In diesem Moment wussten wir beide, dass der Sommer zwar vorüber war – aber eine völlig neue Lust ihren Anfang gefunden hatte. Wir würden mit Jenny und Phil viel Spaß im Urlaub haben …

Kapitel 2

Das Rauschen der Sehnsucht

Ich rieche das Salz des Meeres. Höre das Rauschen der Wellen. Fühle die heiße, südliche Sonne auf meiner Haut – und schaue in den Horizont. Sehe Segelboote in der Ferne. Ich war endlich am Meer!

Ein gegrunztes „Hey, Puppe! Machst du mir noch ein Glas?", riss mich aus meinen traumhaften Gedanken. Ich drehte mich zu der Stimme um und war wieder in der Realität. Die Realität bedeutete in meinem Fall ein heruntergekommenes Pub in Tottenham, einer der ärmsten Gegenden Londons, die europaweit als sozialer Brennpunkt bekannt war.

Ein schmieriger Typ Anfang vierzig schlug sein Bierglas dreimal auf die Holzverkleidung des Tresens. Er war ziemlich betrunken, da er seit Mittag quasi ununterbrochen im „McTotts" trank.

„Also, was ist?", lallte er und ich zapfte ihm ein neues Pint, und seufzte. Das „McTotts" hatte durchaus seinen Charme und war für viele Menschen des Stadtteils so etwas wie eine zweite Heimat. Dennoch stieg in mir eine gewisse Bitterkeit auf, als ich den Blick durch den Gastraum wandern ließ.

Seit nunmehr sechs Jahren stellte dieser Ort meinen Lebensmittelpunkt dar. Als neunzehnjährige hatte ich Bill, den Inhaber des Pubs, nach einer Arbeit als Kellnerin gefragt und hatte Glück. Dieses Glück hatte ich auch verdammt nötig, schließlich hatte ich mich davor eher schlecht als recht durchs Leben schlagen müssen. Meine Eltern verstarben bei einem tragischen Autounfall, als ich sechs Jahre alt war, was den Anfang einer langen Leidenszeit markieren sollte. Ich wurde von Pflegefamilie zu Pflegefamilie und von Kinderheim zu Kinderheim weitergereicht. Bis ich eines Tages einfach ausriss und mich das Schicksal ins „McTotts" verschlug.

Zum ersten Mal hatte ich mein Leben selbst in der Hand. Doch die Jahre vergingen und ich fand trotz großer Bemühungen keine neue Arbeit, sodass ich aufgrund der aberwitzig hohen Preise in London noch immer auf den Job angewiesen war. Und während andere junge Frauen in meinem Alter shoppen gingen oder abends Party machten, arbeitete ich Tag für Tag im Pub. Mein Geld ging zum Großteil für eine kleine Wohnung im Londoner Osten drauf, die ich mir mit meiner Kollegin Kelly teilte. Kelly war eine bezaubernde Frau, die im „McTotts" jobbte, um sich ihr Kunststudium zu finanzieren. Oft saßen wir abends in unserer kleinen WG zusammen, tranken Wein, redeten über Fußball (ich war glühender Fan von Tottenham Hotspur, während Kellys Herz an Arsenal verloren gegangen war) oder aßen Pizza.

Oft erzählte mir Kelly von ihren gemeinsamen Urlauben mit ihren Eltern. Sie erzählte vom blauen Wasser, vom Sand am Strand und dem Gefühl im Süden zu sein. Solche Urlaube würde sie heute nie mehr machen, scherzte sie immer. Viel lieber würde sie im Zuge ihres Studiums architektonische und kulturelle Highlights wie Paris, Barcelona oder Rom besuchen wollen. Und trotzdem lösten ihre Geschichten vom Meer immer eine gewisse Traurigkeit in mir aus, erinnerten sie mich doch daran, dass ich in meinen ganzen Leben noch nie einen Fuß außerhalb von Greater London gesetzt hatte – Geschweige denn jemals in Südeuropa war. Und daran würde sich so schnell, vielleicht sogar nie etwas ändern. Das Leben als Kellnerin war meine Realität und ich wusste, dass ich eigentlich keinen Grund hatte, mich zu beschweren. In einer Welt, in der alle zehn Sekunden ein Kind verhungert, befand ich mich auf einer Insel der Glückseligkeit. Meine Mutter hatte mir immer gesagt, die wahre Kunst im Leben wäre zu lernen, immer mit dem zufrieden zu sein, was man hat. Und diese Denkweise war meine Lebensmaxime geworden. Und daran sollte auch der besoffene Typ nichts ändern, der mich so charmant als „Puppe" bezeichnete. Ich dachte an meine Mutter und lächelte.

Ich brachte Sean, einem Stammgast, der es ebenso wie ich mit den Spurs hielt, ein Glas Whisky und lächelte ihn an. Er war ein offenherziger Mann vom Typ „lieber Opa", der sich jedes Mal freute, wenn wir etwas Zeit zum Plaudern hatten. Er prostete mir mit seinem Glas zu und meinte glucksend: „Ach, Stella! Ohne dich, hätte ich mir schon längst eine andere Bar gesucht, das kann ich dir sagen." Ich grinste ihn an und entgegnete: „Ach Sean, wenn du nur vierzig Jahre jünger wärst …".

In diesem Moment fiel mein Blick durch das Fenster des Pubs. Ein schwarzer BMW fuhr vor und hielt direkt am Eingang des Pubs. Auf der Fahrerseite stieg ein stämmiger Mann in Anzug aus. Er ging um das Auto herum und öffnete die hintere Türe. Ein Mann, den ich von meinem Blickwinkel nicht genau erkennen konnte, stieg aus, ging die wenigen Meter auf die Schwingtür des „McTotts" zu und trat ein. Mein Herz stockte! In der Tür stand ein großer, athletischer Mann. Er trug einen grauen, dreiteiligen Anzug, über dem er einen eleganten schwarzen Regenmantel trug. Seine Haare hatte er smart nach hinten gegelt und seine weichen Gesichtszüge harmonierten perfekt mit seinem modischen Drei-Tage-Bart. Seine stahlblauen Augen taxierten die Szenerie und blieben an mir hängen. Ich spürte, wie sich eine seltsame Wärme in meinem Körper ausbreitete. Der Unbekannte lächelte mich an und rief fast freudig entzückt: „Das ist mal ein Pub, wie ich es mir lobe! Könnte ich einen Single-Malt bekommen, bitte?". Die wenigen anderen Gäste, sahen sich kurz zu ihm um. Obwohl sie aufgrund seines eher untypischen Aufzugs verwundert schienen, wandte sich jeder nach wenigen Sekunden wieder seinem Getränk zu.

Während ich um den Tresen eilte, setzte sich der neue Gast an den nächstbesten Tisch. Ich schenkte zweifingerbreit unseres bestens Whiskys ein und brachte ihn an den Tisch. Der Mann blickt auf, nahm das Glas und sagte: „Jack. Ich heiße Jack." Er lächelte mich an. Das faszinierende war, dass seine Augen mit lächelten und dabei eine fast spürbare Güte ausstrahlten.

„Freut mich Jack. Ich heiße Stella …", stammelte ich fast automatisch ehe ich wusste wie mir geschah.

„Möchtest du mir Gesellschaft leisten, Stella?" Ich sah mich um, doch von den Gästen wartete niemand auf eine Bestellung, lediglich Sean lachte mich schelmisch an. Mit weichen Knien ließ ich auf den Stuhl gegenüber fallen.

Ich erfuhr, dass Jack aus Wohltätigkeitsgründen in den Londoner Norden gekommen war. Genauer gesagt, um ein Waisenhaus einzuweihen, für das er Pate und Geldgeber war. Sein Lächeln ließ mich fast dahinschmelzen.

„Ich unterstütz dieses Waisenhaus, weil ich nie vergessen habe wo ich herkomme. Außerdem finde ich, dass jeder Mensch eine Chance verdient hat. Jeder Mensch sollte seine Träume leben können, findest du nicht?", fragte er und nippte an seinem Glas.

„Das ist ein schöner Gedanke …", stimmte ich ihm zu, obwohl ich wusste, dass er das Leben sehr idealistisch betrachtete.

„Was ist dein größter Traum?", fragte er mich und ich stutzte – ich kannte Jack seit zehn Minuten und er stellte mir so intime Fragen?

Ich sah in seine stahlblauen Augen, die mich offen und interessiert ansahen. Wieder stieg eine wohlige Wärme in mir auf und ich spürte mein Herz rasen.

„Ja, also …", stammelte ich. „Eigentlich ist das ziemlich langweilig. Ich würde wahnsinnig gerne einmal im Süden das Meer sehen. Am Strand sein, die Sonne auf der Haut. All das." Ich kam mir schrecklich langweilig und provinziell vor. Jack schien etwas überrascht zu sein, doch nickte dann langsam und lächelte wieder. Seine Zähne waren makellos.

„Was hältst du davon, wenn du in drei Tagen, nach Ibiza fliegen würdest? Ich lade dich auf meine Jacht ein." Ich lachte hysterisch auf. „Wie bitte?"

„Es ist mein Ernst Stella. Jeder sollte seine Träume leben können. Ich schicke in drei Tagen jemanden vorbei. Falls du mitkommen willst, solltest du deinen Koffer dabeihaben. Und wenn du dir Sorgen, wegen deiner Arbeit machst – ich habe dieses Pub heute gekauft. Ein Pub zu besitzen, war schon immer ein lang gehegter Traum von mir gewesen, den ich mir nun erfüllt habe. Bis bald, Stella!" Er grinste mich an, trank seinen Whisky aus, stand auf und küsste mich auf die Wange. Mit blieb fast die Luft weg und ich fühlte Lust zwischen meinen Beinen aufsteigen. Er verließ den Gastraum, stieg in das Auto und fuhr davon. Nach Schichtende fuhr ich mit der U-Bahn nach Hause, schlief verwirrt, aber voller Neugierde ein.

Ich konnte es selbst nicht glauben. Tatsächlich stand ich drei Tage später mit gepacktem Koffer auf der Straße vor meinem Wohnblock. Jack hatte mir zuvor eine Nachricht über den genauen Ablauf zukommen lassen. Am Morgen nach dem verwirrenden Abend mit Jack hatte ich sofort meinen Chef Bill angerufen, der mir die unglaubliche Geschichte bestätigte. Ein Londoner Geschäftsmann namens Jack Callen hatte ihm die Bar für einen unerhört hohen Preis abgekauft, Bill aber zugesichert, dass sich nichts ändern würde und Bill weiterhin als Chef vor Ort agieren sollte. Jack ging es anscheinend lediglich darum Besitzer des „McTotts" zu sein.
Bill war unglaublich glücklich gewesen und erzählte, dass

dem „McTotts" nun eine große Renovierung bevorstehen würde und alle Mitarbeiter eine beträchtliche Gehaltserhöhung bekommen würden. Und er wünschte mir viel Spaß auf Ibiza. Der schwarze BMW vom letzten Mal hielt vor mir und der Fahrer stieg aus. „Hallo Miss Stella. Mr. Callen erwartet Sie auf Ibiza. Steigen Sie ein."

Obwohl ich das Ganze immer noch nicht glauben konnte, saß ich neunzig Minuten später tatsächlich in einem Flieger nach Ibiza. Es war mein allererster Flug und für mich war ein Platz in der „First Class" gebucht worden. Die Eindrücke erschlugen mich fast. Nach einer ruhigen Zeit in der Luft wurde ich von einem Fahrer mit südlichem Aussehen in Empfang genommen. Wir stiegen in ein Cabrio und verließen das Flughafengelände. Ich bewunderte die Landschaft, die fremdartigen Pflanzen, spürte die Sonne auf der Haut und den Fahrtwind in meinen Haaren – ich fühlte das Leben! Nach einer zwanzigminütigen Fahrt hielten wir vor einer großen Villa. Der Fahrer führte mich hinein. „Miss Stella, das ist das Feriendomizil von Mr. Callen. Er befindet sich bereits auf dem Meer. Machen Sie sich frisch und ziehen Sie sich um, dann fahren wir los – es dauert nicht lange."

Ich erblickte Jack schon von weitem. Er stand an der Reling einer riesigen weißen Jacht und winkte uns zu. Nachdem wir am Strand angekommen waren, stieg ich mit dem Fahrer in ein kleines Boot, mit dem wir nun auf die Jacht zusteuerten, die ein paar Kilometer vor der Küste lag. Jack trug eine Sonnenbrille und eine stilvolle blaue Badehose. Sein Körper war durchtrainiert und definiert.

Wir kamen an und ich stieg eine Leiter zur Jacht hinauf. Jack streckte mir seine Hand entgegen und zog mich an Deck.

„Willkommen, Stella!", begrüßte er mich grinsend, nahm mich in seine trainierten Arme und küsste mich sanft auf die Wange. Trotz der südlichen Wärme, spürte ich eine noch viel intensivere Hitze in meinem Körper.

„Danke für die ... großzügige ... Einladung?!", rang ich nach Worten. Der Fahrer nickte Jack zur Verabschiedung zu, warf den Motor an und entfernte sich von der Jacht.

„Adios, José!", rief Jack ihm winkend nach.

Die nächsten Stunden verbrachten Jack und ich badend im Meer. Das tiefe türkis-blau des Meeres machte mich sprachlos – ich musste im Paradies sein! Ich hatte in

London zum Schnäppchenpreis einen schönen Bikini bekommen und Jack pfiff durch die Zähne, als ich mein Strandkleid auszog und er mich darin sah. Nachdem wir das kühle Nass genossen hatten, mixte Jack uns fantastische Cocktails und wir sonnten uns auf den Liegestühlen an Deck. Wir redeten viel und ich erfuhr, dass Jack eine international bekannte Software-Firma gehörte und er es von ganz unten nach ganz oben geschafft hatte – und dass er wie ich Waisenkind war.

„Ich hatte viel Glück auf meinem Weg. Andere Menschen haben dies nicht und müssen hart kämpfen. Deswegen versuche ich so vielen Menschen wie möglich Träume zu erfüllen. Ich glaube, dass jeder Mensch Träume hat – und das Recht sie zu leben. Es ist schön, dass sich dein bescheidener Traum erfüllt hat …", beendete er seine Erzählung und lächelte mich an.

Wir standen mittlerweile an der Reling und blickten auf das Meer hinaus. Ich hörte das Wasser. Roch das Salz. Spürte die Sonne auf der Haut. Sah Segelschiffe am Horizont. Ich drehte mich zu Jack, sagte „Danke für alles!" und küsste ihn leidenschaftlich. Jack schien etwas verwirrt und stammelte: „Das war nicht meine Intention … Falls du … das denkst." Doch ich wollte es, ich wollte IHN – ich begehrte IHN. Ich lächelte Jack an. Was für ein wunderschöner Mann! Was für ein wunderschöner Tag! Und er lächelte zurück. Dann berührten sich unsere Lippen erneut …

Jacks Lippen wanderten an meinem Hals immer weiter nach unten und trotz der sommerlichen Wärme, spürte ich Gänsehaut. Ich öffnete den Knoten meines Bikini-Oberteils und gab den Blick auf meine Brüste frei. Ich spürte wie meine Knospen anschwollen, als Jack sie umzüngelte und küsste. Mein Verlangen wurde immer stärker und ich stöhnte lustvoll auf. Mit meinen Händen erkundete ich jeden Zentimeter von Jacks muskulösen Körper – ihn zu fühlen, raubte mir fast alle Sinne. Ich spürte wie Jacks Hand entlang meiner Taille immer weiter südlich wanderte, bis er den Knoten löste, der mein Bikinihöschen an der Seite zusammenhielt. Das Höschen fiel auf den hölzernen Boden des Decks. Ich stand nun völlig nackt vor ihm, was Jack zu einem „Wow" veranlasste. Ich ging einige Schritte zum Liegestuhl und legte mich Rücklings drauf. „Komm, Jack! Komm zu mir!"

Er folgte mir, kniete sich vor dem Liegestuhl hin und spreizte meine Beine. Er entdeckte küssend die Innenseiten meiner Schenkel. Als seine Zunge meine Klitoris berührte, leckte und liebkoste schrie ich lustvoll auf. Mein Kopf schien zu explodieren. Ich sah an mir herab und blickte in Jacks Augen, die vor Lust funkelten.

„Fick mich…Jetzt! Tu es Jack", keuchte ich. Er zog die Badehose herunter und ich erblickte sein steinhartes Glied. Er beugte sich herunter, nahm mich an der Hüfte und drehte mich um, sodass ich nun vor ihm kniete und ihm meinen Po präsentierte.

„Du bist eine unfassbare Frau Stella. Ich hoffe, dass du das weißt", flüsterte Jack und drang von hinten in mich ein. Ich stöhnte und schrie auf. Er stieß mich rasch immer schneller. Immer tiefer und tiefer … Ich hörte Jacks Stöhnen, die klatschenden Geräusche und fühlte wie sich der Orgasmus in mir aufbaute – in diesem Moment schien die Zeit auszusetzen.

„Oooooh Jack! Jaaaaaa!" Laut stöhnend kam ich zum Höhepunkt und auch Jack kam in mir. Er sackte über mir zusammen und ich spürte seinen heißen Körper auf meinem Rücken. Das Gefühl war unbeschreiblich.

„Das war perfekt", flüsterte Jack. Doch perfekt traf es für mich nicht mal ansatzweise. Meine ganze Welt stand Kopf. Ich hatte nicht nur endlich das Meer gesehen, sondern auch einen warmherzigen, charmanten und sehr attraktiven Mann kennengelernt. Jack und ich erhoben uns von dem Liegestuhl – schwitzend, befriedigt und glücklich. Wir küssten uns vor der untergehenden Abendsonne Ibizas. Mein Traum vom Meer hatte gerade erst begonnen …

Kapitel 3
Das Feuer des Südens

Was für eine Göttin! Das dachte ich, als ich sie zum ersten Mal erblickte: Sie war eine junge Frau von schätzungsweise 25 Jahren, hatte wunderschönes seidenes schwarzes Haar, das bis über die Schulter ging und ihr brauner Teint wies auf eine südamerikanische Herkunft hin. Sie trug einen weißen Bikini, dessen Oberteil ihre perfekt geformten Brüste betonte, während ihr Tanga den Blick auf ihren wunderschönen Hintern freigab. Ihre Gesichtszüge waren weich und offen und sie hatte smaragdgrüne Augen. Mir stockte kurz der Atem, und ich kämpfte gegen eine aufkommende Erektion an. Eine Erektion wäre auch eher ungünstig gewesen, schließlich saß ich gerade mit meinen Kumpels Chris und Basti in Badehosen an einem Tisch in der Nähe des Pools und genoss die Vorzüge des All-Inclusive-Angebots des „Hotel Estrella". Wir kannten uns seit der Schulzeit und flogen einmal im Jahr gemeinsam nach Mallorca, um dort Party zu machen. Dort hatte ich schon die schönsten Begegnungen mit dem weiblichen Geschlecht gehabt, doch so eine Schönheit hatte ich noch nie gesehen! So wurden auch Basti und Chris auf den Plan gerufen, die schon seit dem Vormittag Bier und Wodka-Tonic tankten. Basti pfiff lang gezogen durch seine Zähne und Chris ließ sich zu einem wenig geistreichen „Wanna fuck?" hinreißen, als die Südamerikanerin nur wenige Schritte an uns vorbei ging. Mit einer raubtierhaften Eleganz drehte sie sich langsam um, musterte meine Kumpels abschätzig. Obwohl ich auch schon einiges intus hatte, gehörte ich nicht zu der Sorte Mann, die im betrunken Zustand Frauen belästigte und ich lächelte sie kurz entschuldigend an. Ihr Blick blieb kurz bei mir hängen, dann machte sie kehrt und ging Richtung Pool-Bar.

Er war mir schon von Weitem aufgefallen. Ein durchtrainierter Mann, der auf das Ende seiner Zwanziger zusteuerte. Er hatte einen gepflegten Bart, seine Haare waren modern frisiert. Als er mich zum ersten Mal ansah, merkte ich, wie er kurz lächelte. Mir wurde ganz anders, als ich seine strahlend weißen Zähne sah. Ein echter „Papi", wie wir in Südamerika sagen würden. Seine beiden Begleiter, die offensichtlich seine Freunde waren, waren leider betrunkene Vollidioten, die mich aufs dümmlichste anmachten. Als würde ich so ein blödes Macho-Gehabe nicht schon aus meiner Heimat kennen …

Ich ging an den drei Männern vorbei, und sah dem Hübschen dabei tief in die Augen. Ich hatte die Hoffnung, dass er dieses Zeichen deuten konnte. Als ich zur Bar des Hotels ging, spürte ich wie sich Lust in meinem Körper ausbreitete und wie es in meinem Schritt ganz heiß wurde.

Was für eine Frau! Als ich diese Traumfrau an mir vorbeigehen sah, fasste ich einen Entschluss. Als sie sich gerade vom Barkeeper am Tresen einen Cocktail bringen ließ, stand ich auf und ging zur ihr. Ich stellte mich neben sie und fragte etwas hölzern:„Hola, qué tal?" Überraschenderweise bekam ich ein „Du kannst gerne Deutsch mit mir sprechen ...", zur Antwort.

Mein Herz raste. Ich stellte mich vor und erfuhr, dass sie auf den klangvollen Namen „Lorina" hörte. Sie erzählte mir, dass sie ein Jahr in Berlin lebte und nun in ihre Heimat Venezuela zurückkehren würde. Ihre letzten Tage in Europa wollte sie auf Mallorca ausklingen lassen. Ich entschuldigte mich für das Verhalten meiner Freunde und sie lächelte mich an.

„Gracias a Dios – danke Gott", dachte ich. Er hatte die

Zeichen verstanden und war mir gefolgt. Am Tresen der Bar hatten wir uns vorgestellt und unterhalten. Tim wirkte unglaublich freundlich, auch wenn er sich kaum Mühe gab, die Blicke auf meine Brüste zu verbergen. Die schönste Zeit meines Lebens ging dieser Tage zu Ende, da mein Studentenvisum auslief und ich nach Venezuela zurückkehren musste. Der Gedanke ließ mich trotz der heißen Temperaturen auf Mallorca schaudern. Der Gedanke an IHN. Der Gedanke an meine Heimat und an den Mann, der dort auf mich warten würde, widerte mich an und ich musste einmal tief durchatmen. Bald würde es zurückgehen … Doch noch war es nicht so weit! Ich wollte das Leben noch einmal fühlen. Noch ein letztes Mal, bevor es in die Realität zurück gehen würde. Ich lächelte ihn an – und meine Hand fuhr über seinen trainierten Körper immer weiter runter.

Sie ertaste meinen Körper und ihre Hand wanderte plötzlich in meine Badehose.

„Was … Wie?!", stammelte ich wie ein Idiot. Sie legte ihren Zeigefinger auf die Lippen und machte nur „Psssst". Als sie begann meinen Schwanz unter der Badehose mit ihrer Hand zu bearbeiten, konnte ich sehen wie ihre

Brustwarzen unter ihrem Bikini-Oberteil anschwollen. Der Barkeeper war in einen Hinterraum verschwunden, sodass wir völlig alleine waren und uns niemand störte. Als ich den Blick über die Hotelanlage wandern ließ, sah dass Basti und Chris, sich wieder ihren alkoholischen Exzessen widmeten und auch nichts von mir und Lorina merkten.

„Was ist? Vamonos?", fragte sie frech grinsend. „Du musst wissen, dass für mich in diesen Tagen eine sehr schöne Zeit zu Ende geht. Das würde ich gerne mit einem schönen Menschen genießen." Ihre Augen sahen mich erwartungsvoll an. Ich brachte ein „Klar, gerne" hervor.

„Was geschieht hier gerade", dachte ich und kam mir vor wie in einem Traum.

Wir gingen gemeinsam durch die Lobby des Hotels und steuerten auf den Aufzug zu. Ich sah den verwirrten Ausdruck in seinen Augen, doch das machte ihn nur noch charmanter und attraktiver. Wir stiegen in den Aufzug ein und ich drückte den Knopf „4". Ich gab ihm einen intensiven Kuss. Seine Lippen fühlten sich weich an. Er streichelte meine Wangen und fuhr mir durch das Haar. Unsere Zungen trafen sich und verbanden sich zu einer einzigen pulsierenden Zone der Lust. Mit einem geräuschvollen „Bling" kam der Aufzug an. Und wir gingen in mein Zimmer.

Ehe ich mich versah, betraten wir ihr Hotelzimmer. Sie schloss verführerisch lächelnd die Tür. Sie kam auf mich zu und küsste mich leidenschaftlich und unsere Zungen schienen eins zu werden. Lorina stöhnte auf als ich meine Hand unter ihren Tanga schob. Ich öffnete den Knoten ihres Oberteils, das zu Boden fiel und mir den Blick auf ihre wunderschönen Brüste freigab. Ich beugte mich etwas nach unten und leckte ihre Nippel, die schon ganz hart und voller Lust angeschwollen waren.

„So ist es schön", stöhnte Lorina und schubste mich rücklings aufs Bett.

Tim lag vor mir auf dem Bett und meine Hände erkundeten jeden Zentimeter seines Bodys. Sein Bauch war trainiert, ich erfühlte die Muskeln seines Sixpacks. Ich beugte mich über ihn. Meine Zunge umspielte und liebkoste seine Nippel. Er stöhne voller Lust auf und auch ich fühlte, wie sich feurige Lust in meinem Körper ausbreitete. Meine Zunge fuhr über seinen Bauch immer weiter nach unten.

Mit jedem Zentimeter stieg die Begierde mehr und mehr in mir auf. Ich ergriff den Bund seiner Badehose und zog sie ruckhaft nach unten. Seine pralle Männlichkeit präsentierte sich mir und mir gefiel, was ich sah. Danach zog ich meinen Slip aus. Er glitt über meine Schenkel und blieb am Boden des Hotelzimmers liegen…

Mit ihren sinnlichen Lippen umschloss sie meinen Penis und begann mit ihrer Zunge meine Eichel zu lecken. Ich stöhnte auf, als sie mit ihrer Zunge meine Spitze umspielte und lutschte. Mit würgenden Geräuschen nahm sie meinen Penis immer tiefer in den Mund. Speichel lief an meinem Penis herab, als ihr Mund ihn wieder freigab und sie mich anlächelte.

„Que rico, wie lecker", sagte sie und lächelte mich an.

„Jetzt zeige ich dir, was es heißt mit einer Latina zu ficken!", sagte Lorina grinsend.

„Na dann, leg mal los...", keuchte ich, als sie sich rittlings auf mich setzte.

Ich setzte mich auf Tim und führte seinen großen steinharten Penis in mich ein. Mir blieb kurz die Luft weg, als ich ihn in meiner Vagina fühlte. Ich spürte wie totale Lust und Begierde meinen Körper überkamen. Ich bewegte mein Becken auf und ab und fühlte die heiße Reibung, die nur ein harter Penis in der Vagina einer Frau verursachen konnte. Ich fühlte seine beiden Hände auf meinem Arsch. Dann spürte ich einen harten Schlag auf der rechten Pobacke. Ein pulsierender Schmerz durchzuckte mich und mein Stöhnen wurde immer lauter.

„Siiiiiiiii … Tim! Mach es mir! Duro, härter!"

Es war, als genoss ich die letzten Momente meines Lebens.

Lorina ritt mich hart und stöhnte auf, als ich ihr einen harten Klaps auf den Hintern verpasste. Schweißperlen liefen über ihren Rücken, durch ihre Pobacken und vermengten sich dort auf meinem Penis mit ihrem Lustsaft. Ihr Becken hüpfte auf und ab. Ich stöhnte auf, als Lorina laut „Si! Si!" schrie und mit einer Hand an ihrem Kitzler spielte und dabei ekstatisch ihren Kopf herumwirbelte. Ich spürte langsam, wie sich der Orgasmus in mir aufbaute, doch ich wollte noch nicht kommen - nicht bei ihr; nicht jetzt! So zog ich sie zu mir hinunter. Ihre weiche Haut und ihre Brüste auf meinem Körper zu spüren raubte mir fast alle Sinne. Wir küssten uns innig und ich streichelte durch ihr Haar. Nach einiger Zeit setzte Lorina sich auf, stieg von mir ab und sagte mit einem schelmischen Grinsen: „Und jetzt zeig mir mal, was du kannst!" Sie ging um das Bett herum und kniete sich auf die Bettkante.

„Mach es mir von hinten", forderte sie mich auf.

Ich spreizte ihre Po-Backen und beugte mich herunter und leckte ausgiebig ihr Vagina und ihre Lustperle. Dann wanderte meine Zunge höher. Als seine Zunge meinen Hintereingang berührte, zitterte mein Körper vor Erregung und Lust. Ich hatte noch nie Anal-Verkehr gehabt, was aufgrund meiner derzeitigen Lebenssituation aber auch kein Wunder war. Ich spürte wie seine Zungenspitze das Loch umspielte und sich die heiße Wärme zwischen meinen Beinen weiter nach oben verschob. Als Tim mir seine Zunge hineinsteckte, stöhnte ich auf und keuchte vor Lust und Verlangen.

„Fick mich, Tim! Nimm meinen Arsch! Tu es … Bitte!"

Er erhörte mein Flehen – und ich spürte die Spitze seiner Männlichkeit an meinem Poloch.

Ich gab ihr einen geräuschvollen Klaps auf die rechte Arschbacke, der sie aufstöhnen ließ und drang in sie ein. Ich liebte jede Sekunde, ich liebte diese Leidenschaft und in diesem Moment liebte ich auch Lorina. Meine Stöße wurden immer härter und Lorinas Anfeuerungen „Gib es mir hart! Siii... Ja! Ja! Ja!", machten mich nur noch geiler. Ich bin mir im Nachhinein sicher, dass wir in diesem Moment keine Menschen mehr waren, so animalisch gaben wir uns unseren Trieben hin.

„Weiter, weiter!" stöhnte Lorina und ich nahm sie noch härter ran!

Ich spürte, den süßen Schmerz und den Druck, den Tims harter Penis in meinem Poloch auslöste. Er nahm mich immer härter und schneller und fühlte wie er immer tiefer eindrang. Ein derartig intensives Gefühl der Lust hatte ich noch nie erlebt. Meine Finger umspielten meine hart angeschwollene Klitoris, während Tim weiter hart in meinen Hintereingang eindrang. Immer wieder, immer schneller und immer härter!

„Dios Mío! Ich komme ... Siiiiiiiii!" schrie ich meinen Höhepunkt heraus.

Stöhnend sackte ich zusammen und merkte, wie Tim seine Männlichkeit aus mir herauszog. Ich fühlte seinen warmen Liebessaft über meine Pobacken laufen - Ein Moment für die Ewigkeit!

Wir sanken auf dem Bett zusammen und verblieben 10 Minuten in unserer Position. Ausgepumpt, unfähig zu sprechen. Dann küssten wir uns und Lorina meinte: „Das war echt caliente!" Wir lachten zusammen und verabredeten uns in einer Bar. Wir wollten uns erst frisch machen und uns in einer Stunde dort treffen.

„Hasta Luego!", rief Lorina mir nach, als ich mich an der Tür nochmal umdrehte und das glückliche Funkeln in ihren Augen sah. Das war das Letzte, was ich von ihr hörte. Lorina tauchte nicht auf. Auch im Hotelzimmer war sie nicht mehr. An der Rezeption sagte man mir, sie hätte kurz vor unserer vereinbarten Uhrzeit ein Taxi genommen. So schmerzhaft es war, tröstete mich der unglaublichste Sex meines Lebens darüber hinweg. Doch eines war mir klar: Lorinas Augen würden mich ein Leben lang in meinen süßesten Träumen verfolgen!

Caracas, Venezuela

Ich liege schon wieder seit drei Stunden wach und starre die Decke an ... Neben mir liegt mein Mann, der mich nicht liebt, mich ständig betrügt und mich im Drogen- und

Alkoholrausch schlägt. Ich muss meine Tränen unterdrücken ... Ich schließe die Augen und denke an Mallorca: Die Wellen, die Partys und den sympathischen Deutschen, der mir den Sex und den Orgasmus meines Lebens beschert hatte! In Berlin hatte ich gelernt, dass die Deutschen sehr viel auf Traditionen und Beständigkeit geben und deshalb oft immer am gleichen Ort Urlaub machen! Jedes Jahr zur selben Zeit. Heute habe ich die Tickets nach Mallorca gekauft. Ich werde dort sein. Im selben Hotel, zur selben Jahreszeit! Und ich habe das Gefühl, dass ich Tim wieder sehen werde ...

Kapitel 4

Verbittert. Vernachlässigt. Verführt.

Ich blicke in die Ferne und fühle nichts. Ich stehe im Garten einer Villa, die nie mein zuhause war und sich in den Hollywood-Hügeln befindet. Von hier hat man einen tollen Blick auf Los Angeles. Doch ich kann den Blick nicht genießen – wie ich seit vier Monaten überhaupt nichts mehr genießen kann. Schuld daran hat nur er. Ich denke an Henry, meinen Ehemann. Für den ich meine geliebte Heimat Boston vor zwei Jahren verlassen hatte und an die Westküste gezogen war. Den ich über alles liebte. Mit dem ich eine Familie gründen wollte. Mit dem ich mein Leben verbringen wollte …

All diese Träume und Absichten waren an dem Abend zerbrochen, als Henry mir eröffnete, dass er sich scheiden lassen wollte. Er hatte eine Neue kennengelernt. Später erfuhr ich, dass es sich um seine Sekretärin Kim handelte, mit der er oft auf Geschäftsreise war. Die Reisen waren wohl nicht nur „geschäftlicher" Natur gewesen, denke ich bitter. Das Wissen, dass er mich über Jahre hinweg betrogen hatte, macht mich fertig. Zumal Kim anscheinend nicht die Einzige war, wie mir ein Arbeitspartner von Henry wenig taktvoll eröffnete, als ich ihn anrufen wollte. Nun bin ich alleine in der Villa. In der Villa, die wir uns kurz nach der Hochzeit gekauft hatten. Das Anwesen hat einen Pool, einen großen Garten, moderne Möbel, eine schöne Einrichtung und eine Garage – Dinge, die einem nichts bedeuten, wenn das Leben zerbricht.

Henry war wieder zu einer Geschäftsreise aufgebrochen, obwohl ich ihn anflehte es nicht zu tun. Vermutlich vergnügt er sich gerade mit Kim in einem Hotel. Das schlimmste ist die unglaubliche Kaltblütigkeit, mit der Henry meine Demütigung durchzieht. Ich denke, dass ich ihn wohl nie richtig gekannt habe. Es gab keine Anzeichen, keine Probleme, keine Streitereien – aus heiterem Himmel hatte mein „bald Ex-Mann" mir den Boden unter den Füßen weggerissen. Mir schießen Tränen in die Augen, die ich mir schnell wegwische.

Es ist Mittag, ich habe nichts zu tun, da ich sofort nach Henrys unwürdigen Auftritt Sonderurlaub beantragt hatte, den ich Gott sei Dank bekam. Ich verbringe meine Tage im Garten, sonne mich und versuche meine Gedanken zu ordnen – zu vergessen und zu verarbeiten. Die Sonne wärmt mich. Sie erzeugt eine Illusion von Trost. Warum hast du das getan Henry? Warum?

„Hallo Lydia! Wie geht es dir?", höre ich jemanden Fragen. Ich drehe mich um blicke in das Gesicht von Tom. Tom kümmerte sich seit einem Jahr zwei Mal in der Woche um unseren Garten und um unseren Pool und verdiente sich so etwas Geld für sein Medizinstudium dazu.

Ich mochte Tom von Anfang an, ein attraktiver, sportlicher junger Mann mit rotblonden Haaren, die seine irische Herkunft verrieten. „Hey Tom. Es muss ja irgendwie gehen …", sage ich schief lächelnd. Tom lächelt zurück und mustert meinen Körper relativ ungeniert mit seinen grünen Augen. Diese Augen faszinierten mich seitdem wir uns das erste Mal begegneten. Er grinst kurz verlegen, als ihm auffällt, dass ich seinen Blick merke. Ich spüre wie sich ein wohliges Gefühl in mir ausbreitet und meine Brustwarzen anschwellen. So wurde ich schon lange nicht mehr angesehen – wie eine Frau! Ich weiß nicht, was ich mir denke, als ich mich sagen höre: „Kannst du mir bitte kurz den Rücken eincremen bevor du anfängst, Tom?" Tom schaut mich kurz verwirrt an. „Ok … Gerne, Lydia."

Er trägt Shorts und ein ärmelloses Shirt, das seine Arme betont. Ich lege mich bäuchlings auf das Handtuch, das am steinernen Beckenrand des Pools liegt und reiche ihm die Sonnencreme. Er lässt die weiße Flüssigkeit in seine Handfläche gleiten und berührt mich sanft am Rücken. Seine Hände fühlen sich weich an. Ich genieße wie sie über meine Haut gleiten und dabei die Creme verteilen.

„Auch die Beine?", fragt Tom. Er grinst mich keck an, als ich mich umdrehe.

„Ja, bitte", lächle ich. Er gleitet mit seinen Handflächen über meine Waden, arbeitet sich über die Innenseite meiner Schenkel weiter nach oben. Ich spüre wie Verlangen und Lust in mir aufsteigt. Plötzlich bekomme ich Gänsehaut, sämtliche Härchen meines Körpers stellen sich auf. Ich stöhne leicht auf, als Tom mit seiner Hand unter meinen Slip fährt und ihn nach unten zieht. Ich spüre wie er meinen Po massiert. Es fühlt sich unglaublich heiß an – und sehr antörnend.

War Tom genau das was ich brauchte? Mit dem ich Spaß

haben konnte, um alles andere zu vergessen? Ich drehte mich um, sah Toms grüne Augen und sein rotblondes, ungezähmtes Haar. Er lächelt schief, scheint sich zu fragen, ob er zu weit gegangen ist. Ich sehe sein Lächeln, seine Augen und es fühlt sich richtig an. Ich kann mich nicht mehr wehren, ich will es! Ich brauche es! Jetzt!

„Danke Tom", sage ich. „Lass uns reingehen …" Ich spüre wie das Feuer der Begierde in meinem Körper brennt.

Wir gehen durch das Wohnzimmer und den Empfangsbereich des Hauses nach oben und betreten das Schlafzimmer. So lange hatte es in diesem Raum keine Liebe mehr gegeben, keine Nähe, keine Zärtlichkeit und Zuneigung. Das würde sich bald ändern. Ich küsse Tom, seine Lippen erwidern die Zärtlichkeiten. Er sieht mich an, streichelt meine Wange und streicht mir eine Haarsträhne aus dem Gesicht. Lust und feurige Begierde breiten sich sekundenschnell in meinem Körper aus. Meine Hände tasten unter sein Shirt, ich ziehe es ihm aus. Seine grünen Augen funkeln erwartungsvoll und ich merke, wie unter seiner Short seine Männlichkeit anschwillt. Ich öffne seine Hose und ziehe sie mit einer ruckartigen Bewegung nach unten. Sein Glied springt mir entgegen und mir gefällt, was ich da sehe.

Ich lege mich auf den Rücken, bereit mich völlig meinem Verlangen und dem Moment hinzugeben. Tom streichelt meine Hüften und meinen Po. Er hebt mein Becken an und zieht mir meinen Slip aus. Ich fühle, eine befriedigende Lust, als Tom anfängt meine Vagina mit seiner Zunge zu erkunden. Ich kann ein lautes Aufstöhnen nicht unterdrücken, als seine Zunge über meine Klitoris streift und sie mit geschickten Bewegungen stimuliert. „Ooooh! Das ist so gut Tom!" Meine Hand packt seinen Hinterkopf und ich drücke ihn fester in meine Weiblichkeit. Ich lasse mein Becken kreisen, reibe mich an Toms Zunge. Ich spüre meinen Liebessaft an meinen Schenkeln herunterlaufen. Zum ersten Mal seit langer Zeit, fühlte ich mich lebendig – wie eine Frau die geliebt und begehrt wurde. Danke dafür Tom, denke ich mir und ich kann dem Anflug von Genugtuung nicht unterdrücken. Tom erhebt sich, steht nun vor mir. Seine grünen Augen fixieren mich und meinen nackten Körper, der willig und bereit vor ihm auf dem Bett liegt. Jenes riesige Bett, das ich mir jahrelang mit einem Mann teilte, der mich erniedrigte und mich betrog. Der mir meine Weiblichkeit und meine jungen

Jahre stahl … An diesem Tag hole ich mir alles zurück!

Ich drehe mich um, knie mich hin, stütze mich mit den Ellenbogen auf dem Bettlaken ab. Mein Po streckt sich Tom willig entgegen. Mein Körper scheint vor Lust zu zerbersten, als Tom von hinten in mich eindringt. Ich spüre ihn und jede seiner Bewegungen in mir, höre sein lautes Stöhnen. Tom nimmt meine Arme und überkreuzt meine Handgelenke über meinem Steißbein – nun bin ich ihm völlig ausgeliefert! Ich bin verloren! Ich höre ein lautes klatschen und spüre einen brennenden Schmerz auf meinem Po. Er dringt immer weiter und tiefer in mich ein, während er meinen Hintern mit seiner flachen Hand bearbeitet. Dieser Schmerz – dieser feurige und süße Schmerz! Die klatschenden Geräusche. Mein Gott. Ich schreie vor Lust auf, als sich mein Körper unter seinen Stößen und seinen Schlägen zum finalen Höhepunkt aufbäumt. In diesem Moment gibt Tom mir das Leben zurück! Alles was war, scheint in diesem Moment meinem Kopf zu entweichen. Es scheint als würde meine Seele reingewaschen. Wir kommen gemeinsam und sacken auf dem Bett zusammen. „Danke", hauche ich und lächle Tom an – meinen Erlöser, der mir gerade die Freude am Leben zurückgegeben hat.

Kapitel 5

Die heiße Gage für eine Reportage

„Was war der größte Erfolg Ihrer Karriere?", fragte ich. Mein Gegenüber grinste kurz und erwiderte: „Was war Ihrer?". Unwillkürlich huschte mir ein Lächeln über meine Lippen und ich spielte das Spiel mit. „Nun, ich denke, dass das Highlight meiner bisherigen Journalisten-Karriere definitiv die Reportage ist, die ich gerade über Sie mache." Nun lachte er laut und prustete: „1:0 für Sie, Olivia!". Der Mann gegenüber war Scott Fisher, einer der bekanntesten Eishockeyspieler Kanadas.

„Spaß beiseite", führte er aus, „mein bisher größter Erfolg war definitiv der Gewinn der olympischen Silbermedaille mit der Nationalmannschaft. Trotzdem reicht mir das nicht. Ich würde gerne mit meinen Ottawa Knights auf nationaler Ebene Erfolge feiern und mit dem Nationalteam nach Gold greifen." Ich lächelte Scott an. Er war ein charmanter Typ, der für jeden Spaß zu haben war und immer einen lockeren Spruch auf Lager hatte. Dass er über seine Witzchen stets selbst am meisten lachen konnte, machte ihn für mich noch sympathischer.

Ich arbeitete seit vier Jahren für das „Ottawa Sports Magazine". Ich hatte am College Journalismus studiert und damit den Berufswunsch verwirklicht, den ich seit Kindestagen hatte. Der Job war vielseitig und machte mir Spaß. Vor zwei Wochen hatte ich von meinem Chefredakteur die Anfrage bekommen, ob ich eine Reportage über Scott Fisher schreiben könnte und ich hatte ohne zu zögern zugesagt. Fisher galt trotz seines noch recht jungen Alters von 27 Jahren als neue große Eishockeyhoffnung Kanadas.

Da ich selbst großer Eishockeyfan war, der früher mit der gesamten Familie fast jedes Spiel im TV verfolgte, war dieser Auftrag fast schon Ehrensache für mich. Und so begleitete ich Scott, der mir bereits beim ersten Treffen das „Du" anbot, quasi auf Schritt und Tritt – was natürlich mit ihm und seinem Club abgesprochen war. Ich war beim täglichen Training anwesend, saß bei Heimspielen in der ersten Reihe hinter der Spielerbank und flog bei Auswärtspartien im gleichen Flugzeug mit. Dabei kamen Scott und ich uns immer näher.

Er war ein großer, austrainierter Mann mit langen Haaren und einem gewinnenden Lächeln. Am meisten mochte ich aber sein Späßchen. So hatte es sich eingebürgert, dass er mich „Frau Reporterin" nannte. Durch die Reportage lernte ich einen Mann kennen, der nicht nur herausragend seinen Sport ausübte, sondern auch sehr bescheiden und seinen Kollegen gegenüber loyal war. Der achtseitige Artikel war im Prinzip schon geschrieben, doch ich wollte das Ganze noch mit einem großen Abschlussinterview abrunden. Und so saß ich seit einer Stunde mit Scott im Speiseraum seines Clubs und löcherte ihn mit meinen Fragen. „Ok Scott! Ich wünsche Ihnen alles Beste für das Erreichen Ihrer sportlichen Ziele und vielen Dank für das aufschlussreiche Gespräch." „Ich danke Ihnen Olivia.", erwiderte Scott strahlend und ich schaltete mein Diktiergerät aus. Jetzt konnten wir Frei sprechen.

„Scott, das war das finale Interview. Ich glaube mir wird es mit der Reportage gut gelingen, dem Leser ein Bild von dir zu vermitteln. Danke, dass du das möglich gemacht hast. Ich hatte schon mit vielen anderen Sport-Stars Kontakt und die allermeisten hatten große Allüren und haben sich wie Götter gefühlt. Das war bei dir anders. Ich fühlte mich willkommen und in meiner Arbeit ernst genommen. Danke dafür." Scott sah mich mit einer hochgezogenen Augenbraue an und lachte dabei. „Olivia, das wird doch jetzt kein Abgesang auf uns, oder? Du hast deine Arbeit getan und ich meine. Also würde ich das Ganze gerne mit einem gemeinsamen Dinner abschließend. Nachdem wir in den letzten zwei Wochen mehr Zeit miteinander verbrachten als ein Ehepaar." Er lachte und ich stutze kurz.

Anmachen und plumpe Offerten waren für eine Reporterin nichts Ungewöhnliches und ich reagierte stets mit einer professionellen Abweisung, aber dies hier war anders. Ich sah in Scotts braunen Augen, dass es ihm wirklich wichtig war. Sein gewinnendes Lächeln, das so schön fließend in ein lautes Lachen übergehen konnte, war auf einmal verlegen. Ich spürte ein freudiges Kribbeln am ganzen Körper. Ohne nachzudenken hörte ich mich sagen: „Das ist eine schöne Idee, Scott." Ich strahlte ihn an und er schien sich wirklich zu freuen. „Das bedeutet mir viel. Wie wäre es heute Abend? Kennst du das ‚360 Grad'?" Ich kannte das hippe Restaurant und freute mich über seine Wahl. Und wir verabredeten uns um 21:00 Uhr.

Als ich mit dem Taxi eintraf ging gerade ein Wolkenbruch nieder. Die Tür des Fahrzeugs öffnete sich und Scott half mir aus dem Auto. Er steckte dem Fahrer einen Schein zu und wir eilten unter seinem Regenschirm ins Lokal. Der Chefkellner führte uns an einen separaten Tisch. Er hatte noch den Mut Scott etwas schüchtern nach einem Autogramm zu fragen. Einen Wunsch, den Scott ihm gerne erfüllte. Der Tisch war stilvoll dekoriert. Auf einem weißen Tischtuch standen Teller aus Porzellan und die königsblauen Servietten waren zu einer kunstvollen Figur gefaltet worden. An meinem Platz lag ein Strauß mit weißen Rosen. Ich sah Scott an, und er lächelte nur vielsagend zurück – der Strauß war von ihm! „Es freut mich so, dass wir uns heute Abend treffen konnten", meinte Scott und half mir aus meinem Mantel. Und es begann ein unvergesslicher Abend …

Wir hatten viel Spaß zusammen, plauderten über unser Leben, lachten und tranken etwas Wein. Das Essen war vorzüglich und nur für das Dessert hätte das „360 Grad" einen Preis verdient. „Ich hatte in den letzten zwei Wochen an deiner Seite wirklich sehr viel Spaß Olivia. Deshalb habe ich noch eine Überraschung für dich." Das Lächeln, mit dem er mir das mitteilte, bewirkte ein mächtiges Verlangen in mir. Ich beugte mich über den Tisch und ehe ich wusste was ich tat, küsste ich Scott auf seine glattrasierte Wange. Ich roch sein markantes herbes Rasierwasser. „Und ich hatte auch noch nie so viel Spaß bei der Arbeit wie mit dir", erwiderte ich lachend. Er freute sich sichtlich, winkte den Kellner heran und beglich die Rechnung. Während wir auf das Taxi warteten, nahm er meine Hand und meinte: „Das wird dir gefallen." Nach etwa zehn Minuten Fahrt sah ich wohin es gehen würde: In die Arena der „Ottawa Knights", der Heimspielstätte von Scotts Team. Kaum zwanzig Minuten später stand ich mit Scott in der gigantischen Kabine des Eishockeyteams. Sie war modern eingerichtet, jeder Spieler hatte ein Spind aus dunklem Holz, der Boden war mit dezenten Kacheln gefliest. „Als wir uns kennenlernten, hast du mir erzählt, dass du Eishockeyfan bist und schon immer den Traum hattest, einmal im innersten des Stadions zu sein. Et voila, hier sind wir!", erklärte Scott und machte eine ausladende Geste. Ich konnte es nicht glauben! Das hatte er sich gemerkt? Diese kleine Bemerkung? Ich sah mich um und hatte kaum das Gefühl in einer Sportkabine zu sein. Die Einrichtung glich eher der einer luxuriösen Thermenwelt.

In genau diesem Moment realisierte ich, wie sehr ich mich seit Beginn meiner Reportage zu Scott hingezogen fühlte.

Ich kämpfte nicht dagegen an … ich küsste ihn lange und intensiv. „Aber Frau Reporterin", witzelte Scott mit gespielter Entrüstung und wir mussten beide lachen. Dann knöpfte ich sein Hemd auf und erblickte Scotts Körper, der von seinen täglichen Trainingseinheiten geformt war. Seine Brust und seine Oberarme waren mit großflächig biblischen Zitaten und Szenerien tätowiert. „Und? Lust auf den Whirlpool", fragte ich und zog mich aus. „Na klar", erwiderte Scott mit seinem Lachen, das ich so liebte und entledigte sich ebenfalls seiner Kleidung. Ich fühlte, wie mir heißt wurde und spürte wie sich Feuchtigkeit zwischen meinen Beinen ausbreitete. Ich sah Jack an, berührte seinen Bauch, seine trainierten Arme – und war verloren. Ich nahm sein Glied und führte ihn spielerisch durch die Kabine zum Whirlpool.

Im warmen, sprudelnden Wasser des Pools küssten wir uns lange und intensiv. Meine Zunge erkundete Scotts Brustwarzen, er keuchte lustvoll auf. Ich spürte wie meine Lustperle immer weiter anschwoll. Meine Begierde wurde wie ein Feuer angefacht. Am anderen Ende der Kabine erblickte ich einen Massagetisch. „Komm", sagte ich zu Scott. Wir stiegen aus dem Pool, gingen zu jenem Tisch. Scott legte sich rücklings darauf. Ich stand an der Seite des Tisches, beugte mich herunter und fing an seine Männlichkeit mit meinem Mund zu liebkosen. Meine Zunge umspielte seine Penisspitze und ich sah wie Scott sich vor Lust wand. „Ja, Olivia. Das ist gut", stieß er hervor. Als meine Hände weiterhin jede Stelle von Scotts Körper erfühlten, konnte ich meine Lust nicht mehr zügeln. Ich wollte ES!

Ich stieg auf den Tisch und setzte mich rittlings auf Scott. Ich nahm seine harte Männlichkeit, führte sie mir ein – ein Gefühl, das unbeschreiblich war. Ich spürte jeden Zentimeter in mir, während ich auf kreisende Bewegungen machte und schrie lustvoll auf. Ja! Ja! Jaaaaaa! Scott massierte meine Brüste. Seine geschickten Bewegungen machten mich noch mehr an. Wie sehr ich ihn in diesem Moment liebte! Ich beugte mich zu ihm herunter und meine Brustknospen berührten seine Haut. Als wir uns küssten biss ich ihm leicht in die Lippe, was ein lustvolles Aufstöhnen zur Folge hatte. Scott fing an, mich von unten zu stoßen. Immer fester und schneller. Jede Bewegung fühlte sich unglaublich intensiv an. Immer härter. Immer tiefer. Jeder Stoß ein bisschen mehr! Scott und ich lagen uns Arm in Arm, als wir vor Passion laut stöhnend zum Höhepunkt kamen. Wir lagen noch zehn Minuten ineinander verschlungen, unfähig zu sprechen, schwer atmend. Zwischen uns lag etwas Unausgesprochenes, doch in diesem Moment wussten wir es beide: Unsere Geschichte stand erst an ihrem Anfang!

Kapitel 6

Das Fest der Sinne

„Dieses verdammte Arschloch. Fuck!", presste ich leise zwischen meinen Lippen hervor, nachdem ich die Bürotür meines Vorgesetzten zugezogen hatte. Mr. Sinister hatte mich mal wieder für eine seine zahlreichen Fehleinschätzungen verantwortlich gemacht. Ich arbeitete seit vier Jahren bei einer der größten Marketing-Agenturen der Welt. Die Agentur „King and Friends" hatte mehrere tausend Mitarbeiter und saß in London. Nach meinem Studium der Marketing-Kommunikation hatte ich mich dort beworben und wurde nach einigen guten Gesprächen genommen, sodass ich von Glasgow nach London zog. Ich liebte meinen Job, sowie all die Aufgaben und Tätigkeiten, die er mit sich brachte. Leider musste ich vor zwei Monaten die Abteilung wechseln. So wurde Mr. Sinister mein Vorgesetzter. Er war ein widerlicher Buchhaltertyp, dem es stets gelang seine Inkompetenz zu verbergen und eigene Fehler auf die Mitarbeiter abzuwälzen. So war es auch heute gewesen, als er mich für eine Budgetkalkulation verantwortlich machte, auf die er über

Monate hinweg pedantisch beharrte – während ich ihm davon abgeraten hatte. Im Laufe des Gesprächs beschimpfte er mich als unfähige Praktikantin, die wohl lieber daheim hinter dem Herd stehen sollte. Als ich das Büro nach diesem frustrierenden Gespräch verließ, zitterte ich vor Wut. Ich ging sofort in die Firmenmensa, um mir einen Kaffee zu holen. Das Schwarze Gold war mein Lebensretter, der mich immer und zuverlässig runterbrachte. Ich hatte mir gerade eine Tasse unter den Vollautomaten gestellt, als mein Handy mich aus meinen negativen Gedanken riss.

„Alice meine Liebe, wie geht es dir?", hörte ich, als ich den Anruf annahm und meine Laune verbesserte sich sofort. Es war meine beste Freundin Barbara, die ich in dieser Firma kennengelernt hatte. Sie hatte vor zwei Jahren aber gekündigt und arbeitete seitdem als freiberufliche Autorin. Ich erzählte ihr von Mr. Sinister, meinem Ärger und davon, dass ich Ablenkung durchaus gebrauchen könnte.

„Das schreit ja nach einem After-Work Drink im ‚Gloria', findest du nicht?", fragte Barbara lachend.

Wir verabredeten uns für den selben Abend. Es war 16:45 Uhr und damit kurz vor Feierabend. Ich ging durch einen der endlos langen Flure des Firmengebäudes zu meinem Schreibtisch zurück, der sich in einem Raum befand, den ich mir mit sieben Kollegen teilte. Ich nahm meinen Mantel, den ich über meinen Bürostuhl gehängt hatte, packte mein Notizbuch in die Tasche und dachte nochmal mit aufflammendem Zorn an Mr. Sinister. Ich wollte meinen Rechner gerade runterfahren, als eine Mail eintraf. Verwirrt las ich den Betreff: „Einladung zum Fest der Sinne". Ich klickte auf die Nachricht.

Einladung zum Fest der Sinne

Sehr geehrte Miss Stones, ich wollte mich bei Ihnen für Ihre Arbeit bedanken, die Sie das ganze Jahr für diese Firma leisten. Um mich dafür erkenntlich zu zeigen, habe ich für einige ausgewählte Freunde und Mitarbeiter eine Feier organisiert, wobei ich natürlich auf Ihr Erscheinen hoffe. Sie haben 24 Stunden Zeit um zuzusagen. Sie erhalten dann weitere Details. Sollten Sie in dieser Zeit nicht zusagen, betrachten Sie diese Nachricht als gegenstandslos.

Hochachtungsvoll,

Rick King

Etwas verwirrt las ich die Mail noch einmal durch. Sollte das etwa ein Witz sein? In all der Zeit, hatte ich den Inhaber und Gründer der Firma nicht einmal zu Gesicht bekommen und nun erhielt ich die Einladung zu einer Party? Bestimmt hatte sich so ein sexuell-frustrierter Idiot aus der IT-Abteilung einen Spaß erlaubt. Ich schloss den Maileingang und machte Feierabend.

Am Abend saß ich mit Barbara im ‚Gloria', unserer Lieblingsbar. Als wir noch Kolleginnen waren, kamen wir beinahe täglich auf einen Absacker vorbei, doch seitdem Barbara die Firma verlassen hatte, kam nur noch einmal im Monat ein Treffen zustande. Dementsprechend hatten wir uns beide auf den Abend gefreut. Wir quatschten über Männer (Barbara hatte ziemlichen Stress mit ihrem Ex-Freund, einem „ziemlichen Idioten", wie sie ihn nannte), lachten und tranken Cocktails. Als das Gespräch auf das Büro kam, erwähnte ich beiläufig die Mail, die ich kurz vor Feierabend erhalten hatte.

„Ich habe mich schon gefragt, wann du eine Einladung erhältst", freute sich Barbara.

„Äh, wie bitte?"

„Alice, ich hatte kurz bevor ich gekündigt habe, auch so

eine Einladung im Postfach liegen", erklärte mir Barbara, doch ich verstand nur Bahnhof.

Sie blickte sich um, als fürchtete sie, dass uns jemand trotz der Musik und der Geräuschkulisse in der Bar, belauschen könnte. „Eigentlich darf ich dazu ja nichts sagen ... Ich sag nur so viel: Diese Einladung ist kein Fake. Sie ist wirklich von Rick King. Ich konnte es damals auch nicht glauben, aber ich habe einfach zugesagt. Und was soll ich sagen ... Es hat mein Leben und meinen Horizont auf mehreren Ebenen bereichert und erweitert. Ich würde dir empfehlen, die Einladung anzunehmen!", kicherte Barbara und ich bildete mir ein, dass sie errötete.

Ehe ich etwas entgegnen konnte, bestellte sie noch eine Runde, stand auf und zog mich auf die gut gefüllte Tanzfläche der Bar. Obwohl wir uns köstlich amüsierten, kreisten meine Gedanken immer wieder um die Einladung. Was hatte Barbara gemeint? Ich sollte es sehr bald herausfinden ...

Am nächsten Tag saß ich mit einem veritablen Kater vor meinem PC und hämmerte unmotiviert auf den Tasten herum. Barbaras Worte von letztem Abend flossen mir zäh wie Kaugummi durch den Kopf, brachten mir so aber wieder die E-Mail in Erinnerung. Aus einer Laune heraus, antwortete ich, dass ich sehr gerne an dem „Fest der Sinne" teilnehmen würde. Ich hatte eigentlich keine Intention und wollte einfach nur sehen was passieren würde. Keine drei Minuten später klingelte mein Diensthandy, als mich eine unbekannte Nummer anrief. Wie automatisch nahm ich den Anruf an.

„Hallo, Miss Stones. Hier spricht Mr.King", hörte ich eine ruhige aber markante Männerstimme sagen.

„Es freut mich wirklich sehr, dass Sie kommen möchten. Sie werden morgen um 19:00 bei sich zuhause abgeholt. Es ist, wenn Sie so wollen, eine Mottoparty. Der Dresscode lautet „Casino". Kommen Sie mit guter Laune und seien Sie offen für alles. Dann werden Sie einen unvergesslichen Abend haben."

Ich wollte etwas sagen, doch seine bestimmte Stimme unterbrach mich: „Es haben nur ausgewählte Menschen eine Einladung für diese Feier bekommen, daher vertraue ich auf Ihre Diskretion. Wir sehen uns morgen. Ich freue mich!".

Es knackte und die Leitung war tot.

Den ganzen Samstag war ich unschlüssig, was ich tun

sollte und wie das ganze einordnen sollte. Barbara, die ich gerne noch einige Dinge gefragt hätte, war nicht zu erreichen. So siegte am Ende meine Neugier. Nachdem ich mich zwei Stunden gestylt hatte, stand ich um 18:55 vor der Einfahrt zu jenem Mehrfamilienhaus, in dem ich in einem kleinen Apartment wohnte. Um dem Motto der Party gerecht zu werden, hatte ich mir ein hautenges schwarzes Kleid angezogen. Schwarze Pumps und ein passender Blazer rundeten mein Outfit ab. Mein Handy klingelte. Es war Barbara.

„Oh Alice, ich habe gerade gesehen, dass du versucht hast mich anzurufen. Mein Akku war leer …“.

Ich unterbrach sie und erzählte ihr von Mr. Kings Anruf - und, dass ich gerade auf die Abholung wartete.

„Du wirst es nicht bereuen. Dir werden am Anfang zwar einige Dinge komisch vorkommen, aber du brauchst dir nichts weiter zu denken. Genieß es einfach! Tschüss meine Liebe."

So plötzlich wie Barbara das Gespräch beendet hatte, kam im selben Moment ein schwarzer SUV in die Straße eingebogen. Das Fahrzeug hielt vor mir und auf der Beifahrerseite stieg ein Mann im schwarzen Anzug aus. Von der Figur her hätte er auch Gewichtheber sein können.

Er lächelte mich an, öffnete mir die Tür zur Rückbank und half mir in das völlig überdimensionierte Auto.

„Miss Stones, ich bin Frank und der Fahrer hier vorne heißt Alan. Wir werden Sie jetzt zum Fest der Sinne fahren. Es dauert etwas, machen Sie es sich bequem."

Wir fuhren schätzungsweise eine halbe Stunde und verließen zusehends das Stadtgebiet. Obwohl mir die ganze Sache immer noch seltsam vorkam und ich aufgrund der skurrilen Situation am liebsten laut losgelacht hätte, flammte mit jedem zurückgelegten Meter Vorfreude in mir auf. Frank und Alan sprachen kein Wort, wirkten aber bemüht, die Stimmung nicht zu angespannt wirken zu lassen. In einem dörflich wirkenden Vorort setzte Alan den Blinker. Der SUV bog auf eine kleine Landstraße ab. Ich konnte das hell erleuchtete Schloss schon von Weitem sehen.

„Dieses Schloss war früher ein Jagdschloss", erklärte mir Frank.

„Es gehörte dem Urgroßvater von Mr. King, der es weitervererbte. Mr. Kings Opa wiederum vererbte es an Mr. Kings Vater, er wiederum ...".

„Ich denke, wir wissen, worauf du hinauswillst", lachte

Alan los und auch ich konnte einen Lacher nicht unterdrücken. Etwa fünfhundert Meter vor dem Schloss hielt der Wagen an. Ich blickte durch das Fenster und sah zwei Typen, die die Uniform eines Wachdienstes trugen. Sie standen in der Mitte der Straße und versperrten dem Auto den Weg. Alan ließ das Fenster herunter und sagte laut: „Ultimate Desire."

Einer der Security-Typen nickte und die Männer ließen uns passieren. Als wir vor dem Schloss hielten sah ich, dass dort noch mindestens zwölf andere SUV´s geparkt hatten.

„Nun Miss Stones. Das hier werden Sie brauchen." Frank reichte mir einen edlen Beutel aus Seide, in dem sich etwas Undefinierbares befand. Er stieg aus, öffnete mir die Tür und half mir aus dem Auto. Er begleitete mich die Stufen zum Eingangsportal nach oben und machte dann kehrt. Ein edel gekleideter Butler öffnete mir das Tor und hieß mich willkommen. Ich griff in den Beutel, den Frank mir gegeben hatte und zog eine schwarze venezianische Augenmaske heraus, an der eine Feder befestigt war. In diesem Moment war es unmöglich einen klaren Gedanken zu fassen – wie elektrisiert durchschritt ich das Eingangsportal und betrat das Jagdschloss. Dann setzte ich meine Maske auf.

Ich durchschritt einen runden Empfangsbereich. Direkt neben mir führte eine Treppe nach oben, die mit goldenen Verzierungen und einem mächtigen Holzgeländer geschmückt war. Mir gegenüber befand sich eine schwere Tür aus Eichenholz. Links und rechts davon standen zwei Männer, deren breitbeiniger Stand und Armhaltung mich sofort an die Türsteher eines Clubs erinnerte. Sie trugen weiße venezianische Karnevalsmasken, die ihre Gesichter komplett verdeckten. Während ich auf sie zuging, legte einer der Männer seine Hand auf die Klinke der Tür und hielt dann inne. Dabei verrutschte sein Sakko und ich sah einen Pistolenholster unter seiner Achsel. Wo zur Hölle, war ich hier gelandet? Obwohl ich nicht wusste wie mir geschah, ging ich immer weiter auf die Tür zu, die eine fast magische Anziehungskraft ausübte – als wäre sie das Portal in eine andere Welt. Zu diesem Zeitpunkt ahnte ich noch nicht, dass sich dieser Vergleich als ziemlich treffend herausstellen sollte. Als ich drei Meter vor den maskierten Anzugträgern stand, machte einer einen Schritt auf mich zu. Sein Kollege verharrte mit der Hand auf der massiven geschwungenen Klinke. Der Mann vor mir musterte mich intensiv durch die Augenlöcher seiner Maske. Ich wollte fast fragen, ob ich mich in einer TV-Show befand, so absurd kam mir diese Situation vor.

„Willkommen im Schloss. Sie haben jetzt die letzte Möglichkeit, es sich anders zu überlegen. Durchschreiten Sie diese Tür, erklären Sie Ihre vollste Diskretion. Was sie sehen bleibt innerhalb dieser Schlossmauern. Sollten Sie jemals ein Wort darüber verlieren … könnten gewisse Maßnahmen ergriffen werden."

Ich dachte an die Pistole seines Kollegen und war mir sicher, dass auch er eine Waffe trug. Mir lief ein eiskalter Schauer über den Rücken. Ich war kurz davor kehrtzumachen, doch dann fiel mein Blick auf die Tür. Was passierte dahinter? Meine Abenteuerlust siegte, als ich mich sagen hörte: „Ich will eintreten."

Der Typ vor mir nickte kurz mit dem Kopf und befahl dem Anderen so, die Tür zu öffnen. Bisher hatte ich keinen Ton vernommen, doch nun hörte ich Musik, Gerede und Schreie durch die geöffnete Tür dringen – Schreie der Lust und der Ekstase.

„Viel Vergnügen." Der Maskierte trat zur Seite und ich ging durch die Tür. Ich befand mich nun in einem kurzen Gang, an dessen Ende ein schwerer roter Samtvorhang die

Sicht auf die Szenerie dahinter versperrte. Die Geräusche wurden lauter und immer intensiver. Ich fühlte, wie sich Lust in mir aufbaute. Eine wohlige Wärme quoll durch meinen Körper. Ich ging auf den Vorhang zu und zog ihn mit einem Ruck zur Seite. Ich konnte nicht glauben, was ich sah …

Ich befand mich nun in einem großen Prunksaal, dessen Wände mit Stuck, golden Applikationen und Kerzenleuchtern geschmückt waren. Rote Wandteppiche mit golden Stickereien rundeten das royale Flair, das der Saal versprühte, ab. Es befanden sich schätzungsweise 30 Personen in dem Saal, die meine Ankunft kaum zu merken schienen. Alle Anwesenden trugen edle Masken, die mit goldener Farbe, glitzernden Steinen oder verschnörkelten Bemalungen verziert waren. Alle Masken verdeckten großzügig die Augenpartien, einige davon auch noch weitere Teile des Gesichts. Das machte es unmöglich die Identität der Anwesenden festzustellen. Alle Gäste hatten sich offensichtlich an das Motto „Casino" gehalten und trugen schicke Abendgarderobe. Eine Gruppe Männer stand an einem Tresen, auf dem sich unzählige Flaschen Champagner und andere alkoholische Getränke befanden.

Sie prosteten sich mit ihren Gläsern zu. Es schien sie nicht zu stören, dass keine zwei Meter entfernt eine blonde Frau vor einem Mann mit heruntergelassener Anzughose kniete und ihn oral befriedigte. Er genoss den Blow-Job sichtlich und stöhnte auf als sie mit ihrer Hand seine Hoden massierte. Im Eifer des Gefechts war ihr der Rock über den Po nach oben gerutscht und mein Blick verharrte einige Sekunden auf ihrem prallen Hinterteil. Begierde und Lust breitete sich aus, aber auch Unglauben. War das real?

Ich ließ den Blick durch den Saal schweifen. In einer Ecke stand ein großes Sofa, auf dem es zwei Gäste trieben. Eine dunkelhaarige Frau mit braungebrannter Haut, deren Gesicht komplett von einer weißen Maske verdeckt war, saß auf ihrem Partner und ritt ihn hart. Sie bewegte ihr Becken in beinahe hypnotischer Weise auf und nieder und ihre großen Brüste wippten dazu im Rhythmus. Daneben saß in einem Sessel ein anderes Paar und beobachtete das wilde Treiben. Die Frau saß nur noch mit Spitzenunterwäsche bekleidet auf seinem Schoß und massierte seinen steifen Penis, der sich unter dem Stoff seiner Hose abzeichnete. Ihre andere Hand, war in ihr Höschen gewandert und rieb sich an ihrer Lustperle. Vor

68

einem großen Kamin, in dem ein Feuer prasselte, lag eine Matratze mit seidenem Überzug. Darauf kniete eine Frau mit lockigen roten Haaren, das Gesicht in den Stoff gedrückt. Ihre Handgelenke waren hinter ihren Rücken mit einer Krawatte gefesselt, weshalb sie sich nicht abstützen konnte. Sie präsentierte einem noch ziemlich jung wirkenden Typen ihren Hintern und er drang von hinten in sie ein. Sie keuchte, wand sich und gab sich unter seinen Stößen total der Situation hin. Der Typ nahm sie immer härter und bearbeitete ihren Po mit einer Gerte, die rote und feurige Striemen hinterließ. Sie stöhnte vor Lust und vor Schmerz laut auf und kam zum Höhepunkt. Zwischen all diesen sexuellen Ausschweifungen, gab es auch Grüppchen im Saal, die sich einfach nur unterhielten, gemeinsam lachten und tranken. Einige hatten noch ihre Abendkleider und Anzüge an, während andere sich schon ausgezogen hatten. Zwei Frauen, die nur noch mit Unterwäsche bekleidet waren, gingen an mir vorbei und holten sich am Tresen ein Getränk. Ich wusste nicht wo mir der Kopf stand, die Situation überforderte und faszinierte mich zugleich. Mir fiel es immer schwerer die heißen Wallungen zwischen meinen Beinen und die pochende Lust in meinem Körper zu ignorieren. Ich spürte, wie ich feucht wurde.

„DAS ist Freiheit!", hörte ich plötzlich eine Stimme neben mir sagen.

Ich fuhr herum und sah einen Mann, der eine schwarze Maske mit einer vogelartigen Nase trug. Die untere Hälfte seines Gesichts war nicht bedeckt und ich sah sein markantes glattrasiertes Kinn, das den Duft eines herb duftenden Rasierwassers verströmte. Seine dunklen Haare hatte der Unbekannte akkurat zurück gegelt.

„Sie sind spät. Einige der Anwesende vergnügen sich schon seit einer Stunde", lachte er.

Ich erkannte seine Stimme. Es war Mr. King!

„Ich hoffe dieses Fest wird Ihre Sinne erweitern und Sie werden es genießen."

Er trat an mich heran und küsste mich sanft auf den Hals. Ein wohliger Schauer durchzuckte meinen Körper und ich konnte die sexuell aufgeladen Atmosphäre, die die Luft beinahe vibrieren ließ, nicht mehr handeln. Ohne eine Sekunde zu zögern, küsste ich Mr. King auf den Mund. Unsere Lippen öffneten sich und unsere Zungen tanzten einen erotischen, wilden Tanz. Seine Hand fuhr über meine Schenkel nach oben und ich stöhnte auf, als ich seine harte Männlichkeit durch seine Hose berührte. Es musste ein Traum sein! Ich hatte noch nie eine derartige Lust gespürt. Ich knöpfte sein Hemd auf. Meine Hand erkundete seine trainierte Brust und umspielte seine harten Nippel.

„Wissen Sie, es ist so: Auch ich gebe mich gelegentlich dem Vergnügen des öffentlich zur Schau gestellten Sexualakts hin. Das tun wir alle hier, wie Sie sicher gemerkt haben", grinste er.

„Sie werden aber sicher auch schon gemerkt haben, dass ich der Gastgeber bin. Daher stehen mir gewisse Privilegien zu, die ich gerne für Premieren-Gästen, nutze. Dazu gehört auch ein Rückzugsort für etwas … etwas … Zweisamkeit. Wollen Sie mich begleiten Alice?" Diese Hitze in meiner Weiblichkeit! Diese Lust! Diese Begierde!

„Ja … ja …", keuchte ich.

Er nahm mich an der Hand und führte mich zu einer Tür am anderen Ende des Saals. Dahinter befand sich eine Treppe, die in einen Flur führte, der links und rechts sechs Türen hatte. Wir gingen auf die zweite Tür auf der linken Seite des Flures zu und Mr. King öffnete sie. Es war ein etwas spartanisch eingerichteter Raum, in dem sich ein großes Bett mit riesigen eisernen Bettpfosten befand.

„Willkommen im Spezial-Trakt des Schlosses", sagte Mr. King und nahm seine Maske ab.

Das stechende Blau seiner Augen traf mich wie ein Peitschenhieb. Er beugte sich zu mir herunter, küsste mich sanft auf die Lippen und öffnete den Verschluss meiner Maske.

„Du bist viel zu hübsch für diesen Karneval, Alice", lächelte er. „Und viel zu hübsch für das hier!"

Er öffnete den Rückenverschluss meines Kleides, das sofort zu Boden fiel. Ich stand nur noch in Unterwäsche vor ihm und ich merkte, dass sich in meinem Tanga ein kleines Pfützchen gebildet hatte. Er öffnete meinen BH. Meine prallen und geschwollenen Lustknospen boten sich ihm dar. Ich stöhnte vor Lust auf, als seine Zunge meine Nippel umspielte und küsste. Ich öffnete sein Hemd und wir legten uns ins Bett. Seine Zunge wanderte nach unten und ich spürte die feurige Begierde, die seine Bewegungen auslöste. Ich hob mein Becken an, dass er meinen Tanga leichter ausziehen konnte. Zu spüren, wie er meinen Tanga langsam über meine Schenkel und Beine auszog, raubte mir den Verstand. Er griff in seine Hosentasche und holte eine seidene Schlafbrille hervor.

„Setz die auf! Vertrau mir."

Ich tat, was er verlangte. Die Dunkelheit törnte mich an. Ich spürte wie er mein Handgelenk nahm und fühlte ein raues Seil auf meiner Haut. Dann am anderen Handgelenk. Er band mich an den Bettpfosten fest. Himmel! War das heiß! Und neu! Dann waren die Fußgelenke dran. Mit geübten Griffen, brachte er auch diese Fesselung schnell hinter sich. Ich lag nun mit allen Vieren von mir gespreizt vor ihm. Zur Bewegung unfähig. Blind. Ich war ihm ausgeliefert! Doch ich verspürte keine Angst – nur grenzenlose Lust und Leidenschaft.

Ich spürte, wie mein Liebessaft an mir herablief und auf das Bett tropfte. Plötzlich dieses Gefühl! Seine Zunge umspielte meine Klitoris und ich stöhnte auf. Ich wollte mich bewegen und winden, doch ich kam gegen die Fesseln nicht an. Seine Zunge wurde immer schneller, intensiver.

„Jaaa … Jaaa …!"

Ich stöhnte immer lauter. Ich wollte es! IHN! Genau JETZT!

„Fick mich! Fick mich … Bitte!"

Ich hörte wie er seinen Gürtel öffnete. Als er mit seiner steinharten und großen Männlichkeit in mich eindrang, schien ich meinen Körper zu verlassen. Ich sah von oben, wie er mich mit harten Stößen fickte, wie ich vor Lust schrie. Ich wand mich, wollte ihn umarmen, doch die Fesseln ließen es nicht zu. Ich spürte wie sie auf meiner Haut rieben – der süßeste Schmerz der Welt.

„Mach es! Härter! Jaaaa…".

Seine Stöße wurden immer härter, die heiße Reibung in meiner Vagina immer intensiver. Er drang immer tiefer und tiefer in mich ein. Als ich zum Höhepunkt kam schrie ich meine Lust heraus – ich hatte zuvor in meinem Leben noch nie eine derartige Befriedigung gespürt. Ich spürte wie Mr. King in mir kam, fühlte die Wärme seines Liebessaftes. Er sackte auf mir zusammen.

„Das war … unglaublich", keuchte er hervor.

Er küsste mich sanft, und machte meine Fesseln los. Ich wusste nicht, dass ein Mensch fühlen kann, was ich fühlte.

Das „Fest der Sinne" hatte mein Leben für immer verändert. Nackt und eng umschlungen stand uns direkt die zweite Runde bevor – und auch sie würde wieder ein „Fest der Sinne" werden.

Kapitel 7

Ein Abend für die Ewigkeit

Ich saß in der Universitätsbibliothek und war kurz vorm verrückt werden. In einer Woche stand die große Abschlussprüfung an. Ich war mal wieder mit dem Lernen in Verzug – um es freundlich zu formulieren. Mit mir am Tisch saß Kendra, mit der ich seit dem ersten Semester befreundet war. Auch sie wirkte verzweifelt, als sie sich hektisch Zusammenfassungen notierte und wild durch die Bücher blätterte. Doch bei ihr war das normal. Kendra war eine derjenigen, die sich immer beschwerte und jammerte, nur um am Ende doch ein super Resultat zu erzielen. Ein derartiges Talent hatte ich nicht. Ich ärgerte mich, dass ich das Lernen in der letzten Zeit so schleifen gelassen hatte.

Ich studierte Jura und hatte mich bisher trotz meiner Bequemlichkeit ganz beachtlich durchs Studium geschlagen. Doch die letzte Prüfung rückte unweigerlich näher, sodass ich seit als zwei Wochen rund um die Uhr mit Gesetzestexten, Paragraphen und Lernblättern beschäftigt war.

„Genug für heute. Ich mach mich auf den Heimweg. Wir sehen uns morgen, Mia. Träum nicht von der Prüfung", scherzte Kendra, während sie sich von ihrem Stuhl erhob. Sie packte ihre Unterlagen in den Rucksack und gab mir zum Abschied ein Küsschen.

„Bis morgen. Bestimmt werde ich davon träumen – Albträume", sagte ich lachend.

Als Kendra die Bibliothek verlassen hatte, stellte ich überrascht fest, dass es bereits 22 Uhr war. Die Bibliothek hatte in der Prüfungszeit immer bis Mitternacht geöffnet, dennoch war außer mir kaum noch jemand anwesend. Ich vertiefte mich wieder in meine Gesetzestexte und versuchte die aufsteigende Panik in mir zu unterdrücken – wie sollte ich das alles schaffen? Ich machte mir gerade Notizen, als ich bemerkte, dass sich jemand an den Tisch setzte. Ich sah auf und erblickte Professor Smith, meinen Dozenten. Er war mit Leib und Seele Jurist und begleitete mich und meine Kommilitonen schon das gesamte Studium. Er gab sich immer die größte Mühe, wirklich jedem Studenten bei Fragen und Problemen behilflich zu sein. Außerdem war er mehr als attraktiv.

Mr. Smith war Anfang vierzig, hatte eine sportliche Figur

und einen gepflegten Vollbart, der perfekt mit seinen lockigen schwarzen Haaren harmonierte. Ich sah ihn überrascht an. Er lächelte.

„Wie geht es voran Mia?", fragte er mit hochgezogener Augenbraue. Ich spürte wie ein wohliges Gefühl in meinem Magen aufstieg. Na toll, dachte ich. Sein Lächeln, sein Blick – das war es jetzt wohl mit der Konzentration! Ich biss mir auf die Lippe.

„Oh. Hallo, Professor Smith. Naja, ich komme nicht wirklich gut voran. Vor allem das Strafrecht und die Polizeigesetze der einzelnen Staaten bereiten mir richtig Probleme …", sagte ich und sah ihn etwas wehleidig an. Er lachte auf. „Das liegt vielleicht daran, dass du in diesen Stunden die Vorlesungen geschwänzt hast." Seine dunklen Augen musterten mich freundlich, seine Zähne blitzen beim Lachen weiß hervor.

Ich fühlte mich ertappt und spürte wie mir das Blut in den Kopf schoss. Er schien zu merken, dass mir die Situation unangenehm war. Schnell schob er nach: „Aber das ist nicht so schlimm. Wenn du willst kann ich dir diese Thematiken noch einmal gesondert erläutern und erklären. Aber heute ist es schon zu spät. Wie wäre es Freitagabend bei mir zuhause?" Ich stutzte kurz, war mir aber bewusst, dass mir die Zeit davonrannte. Ich war für jede Hilfe dankbar. Außerdem hätte es wohl keinen attraktiveren Privatlehrer geben können. Ich lächelte. „Vielen Dank Professor Smith. Ihre Hilfe nehme ich gerne an."

„Wunderbar. Dann sehen wir uns Freitag um 20 Uhr." Er zückte einen Notizblock, schrieb seine Adresse drauf, riss das Papier heraus und gab es mir. Er stand auf und wollte gerade gehen, als er innehielt. „Mia wir kennen uns schon so lange. Lassen wir das mit Professor Smith … Ich bin Ben." In meinem Körper flammte ein brennendes Gefühl auf, das ich nicht zuordnen konnte.

„Ok, Ben. Bis Freitag." Ich lachte ihn dankbar an. Ben Smith machte kehrt und verließ die Bibliothek. Ich sah ihm durch die langen Flure noch lange nach…

Freitagabend saß ich in einem Taxi und lies mich zu Bens Adresse fahren. Auf meinem Schoß hatte ich eine Geschenktüte mit einem Rotwein abgestellt. Mir kam es ziemlich dämlich vor zum Lernen ein Präsent mitzubringen, doch als ich Kendra von der Einladung bei Ben erzählte, hatte sie mich solange bequatscht und genötigt, bis wir schließlich gemeinsam einen Wein kauften. Kendra fand die Einladung überhaupt nicht seltsam, im Gegenteil. Sie machte den ganzen Freitag über Andeutungen und doppeldeutige Witzchen. Als wir uns verabschiedeten, wünschte sie mir einen schönen Abend und sagte mir augenzwinkernd, dass ich nicht zu „wild" lernen sollte. Obwohl ich wusste, dass ich Ben nur zum Lernen traf, trug ich mein neues weißes Sommerkleid. Das Taxi hielt, ich bezahlte den Fahrer. Mein Orientierungssinn war nicht der allerbeste, doch ich glaubte, dass ich mich in einem Vorort befand. Soweit das Auge reichte, sah ich Häuser, die über stilvolle Vorgärten verfügten. Auch Ben hatte einen schönen Vorgarten. Der Rasen hatte ein sattes Grün, die Hecken waren getrimmt und entlang des Weges zur Haustür blühten Blumen, die einen betörenden Duft verströmten. Ich ging die Stufen zur Haustür nach oben. Ich fühlte eine freudige Erregung als ich die Klingel drückte.

Ben öffnete mir die Tür. Er trug eine beige Leinenhose und ein weißes Hemd.

„Mia, willkommen!", begrüßte er mich freundlich. Ich trat ein und überreichte ihm den Wein. Er schien sich sehr darüber zu freuen, auch wenn er meinte, dass das nicht nötig gewesen wäre. Das ganze Haus wurde von einem köstlichen Geruch durchströmt. Hatte er etwa gekocht? Ben schien meine Gedanken zu lesen. „Ich hoffe, du hast etwas Hunger mitgebracht. Ich habe uns Penne al Pesce gemacht – mein Lieblingsrezept." Er schien etwas verlegen zu sein.

„Klar!", freute ich mich. Auch, weil ich wegen des ganzen Lernens tatsächlich noch nichts gegessen hatte.

Er bat mich an einen kleinen Tisch, der liebevoll mit einer weißen Tischdecke und hellblauen Servietten dekoriert war. Ein dreiarmiger Kerzenhalter stand in der Mitte des Tisches. Ich nahm Platz, als Ben in die Küche verschwand. Nach fünf Minuten kam er mit zwei Tellern Penne al Pesce zurück. Er öffnete die Rotweinflasche, die ich mitgebracht hatte und schenkte zwei Gläser ein. „Ich hoffe, dass das in Ordnung ist? Zum Essen passt Wein einfach am besten", meinte er grinsend, ich nickte zustimmend. Der Abend nahm einen völlig anderen Verlauf, als ich erwartete, doch ich freute mich darauf … An Lernen dachte ich zu diesem Zeitpunkt schon längst nicht mehr. Diesen Abend wollte ich einfach nur genießen! Und so sollte es kommen …

Das Abendessen schmeckte fantastisch! Er erzählte mir,

dass er dieses Rezept von einer alten Frau bekommen hatte, als er als junger Mann durch Italien reiste. Überhaupt erfuhr ich an diesem Abend viel aus dem Leben meines Professors. Er erzählte mir, dass er jung heiratete, seine Frau ihn aber nach zwei Jahren für einen reichen Typen sitzen gelassen hatte, was eine einschneidende Erfahrung für ihn gewesen war. Seither hatte er nie wieder ein ernstes Verhältnis mit einer Frau gehabt. Er und die Frauenwelt taten mir gleichermaßen leid… Auch ich erzählte den einen oder anderen Schwank aus meinem Studentenleben und meine Zukunftsträume. Wir unterhielten uns gut, lachten sehr viel.

Ehe wir uns versahen war die Flasche Wein geleert. Als Ben eine andere holen ging, dachte ich, dass ich mich zum ersten Mal seit sehr langer Zeit wirklich amüsierte und Spaß hatte. Kein Wunder nach diesem vorzüglichen Essen, dem köstlichen Wein und einer derart unterhaltsamen Gesellschaft. Ben öffnet die Flasche, die er aus dem Keller geholt hatte, öffnete sie und schenkte uns nochmals ein. „Tja, dass ich dir nochmal das Strafrecht und die Polizeigesetze erkläre, hat ja nicht so geklappt", sagte er und lächelte. „Aber das holen wir in der Uni nach

Mia. Das verspreche ich dir." Ich grinste ihn an und meinte, dass ich mit dem Verlauf des Abends sehr zufrieden sei.

„Das freut mich. Weißt du Mia, ich habe sehr selten Gesellschaft und nur wenige Freunde. Daher ist dieser Abend für mich etwas besonders und eine wundervolle Abwechslung." In diesem Moment gab es für uns beide kein Zurück mehr. Wir sahen uns im Kerzenschein tief in die Augen und wussten genau was wir taten als wir uns beide langsam vorbeugten. Als sich unsere Lippen trafen hatte ich das Gefühl, ein Feuerwerk würde in meinem Körper gezündet. Dann gingen wir zum Sofa …

Ben saß auf dem Sofa. Ich hatte mich rittlings auf seinen Schoß gesetzt und knöpfte sein Hemd auf. Meine Hände fuhren über seine behaarte Brust. Mit meinen Fingerspitzen umspielte ich seine Brustwarzen und er keuchte voller Lust auf. Von draußen fiel das Licht des Vollmondes durch die gläserne Verandatüre in den Raum und erhellte die Szenerie. Was für ein Abend! Mein Gott. Ich konnte meine Lust nur schwer zügeln und küsste Bens Hals. Meine Zunge wanderte seine Brust hinunter. Ich merkte wie unter seiner Leinenhose seine Männlichkeit anschwoll und gegen meine Schenkel drückte. Ich stöhnte auf. Im Mondlicht konnte ich Bens Gesicht genau erkennen. Seinen Bart, sein gewelltes Haar. Seine Augen und Zähne blitzten auf, als er mich anlächelte. „Was für ein wunderschöner Abend", flüsterte er und zog mich an sich heran. Unsere Zungen umspielten sich.

Ich fühlte wie seine Hand unter mein Kleid wanderte. Das war gut! Das war heiß! Das war richtig! Ich streifte mir mein Kleid mit einer Bewegung ab und zog meinen Slip aus. Meine Lust kannte keine Grenzen. Ich wollte Ihn! Ich wollte Ben! In mir! Ich legte mich auf den Rücken und fühlte den angenehm kühlen Bezug des Sofas auf meinem Po. Trotz dieser Kühle fing mein Körper an zu glühen, als ich sah, wie Ben sich seine Hose herabzog. Ich sehe seinen prachtvollen, harten Penis im Mondlicht. Mit einem Stoß drang Ben in meine Vagina ein. Wir stöhnten beide auf. Sein gesamtes Gewicht ruhte nun auf den Ellenbogen, sodass ich jeden Zentimeter Haut auf meiner spürte. Ohne Gnade nahm er mich ran. Ich spürte einen Schweißfilm auf seiner Haut. Sein Rhythmus wurde schneller, mein Stöhnen im Takt seiner heftigen Stöße immer lauter. Mein Gott – was für ein Abend. Ich umschloss Bens Taille mit meinen Beinen, bewege sie auf und ab. Nun bestimmte ich seinen Körper, seine Männlichkeit und seine Stöße. Mein Körper bäumte sich auf, als sich der Orgasmus aufbaute. Ben kam stöhnend zum Höhepunkt und ich spürte seinen Liebessaft in mir. Ich konnte nicht mehr! Vor Ekstase schreiend kam ich zu einem Orgasmus, der mir fast die Sinne raubte. Danach schliefen wir zusammen Arm in Arm auf dem Sofa ein – mit der Gewissheit, dass wir beide einen Abend für die Ewigkeit erlebt hatten.

Kapitel 8

Das leidenschaftliche „Plus" der Freundschaft

„Prost Mary! Auf uns, und auf das Leben!", lachte Linda und erhob ihr mit Rotwein gefülltes Glas in meine Richtung.

„Zum Wohl", erwiderte ich lächelnd, „und danke für diesen wunderschönen Abend! Du hast ja wieder richtig lecker aufgekocht. Ich liebe deine Antipasti und das Rezept für deine gefüllte Paprika musst du mir endlich mal geben."

Es war wirklich ein super Abend gewesen. Linda und ich kannten uns seit der Universität. Wir machten damals zusammen unseren Abschluss in Wirtschafts-wissenschaften. Danach hatten sich unsere beruflichen Wege getrennt, da ich als Beraterin bei einer kleinen Firma anfing, während Linda schnell den Posten einer Abteilungsleiterin bei einem internationalen Großkonzern antrat. Dennoch waren wir beste Freundinnen geblieben. Wir schrieben täglich, gingen am Wochenende aus und hatten viel Spaß zusammen. Wir waren nach einigen enttäuschenden Beziehungen (eine davon endete in Lindas Fall sogar in einem Polizeieinsatz wegen häuslicher Gewalt) überzeugte Singles. Auch deshalb hatten wir die Tradition des „Girls Abend" ins Leben gerufen. An diesem Abend, der einmal im Monat stattfand, luden wir uns abwechselnd zum Abendessen ein und bekochten uns gegenseitig. Wir tranken Wein, lachten und erzählten uns alte Anekdoten aus der Studienzeit. Ich liebte die Gesellschaft von Linda, ihre aufmerksamen dunklen Augen, ihr Lächeln, das stets ihre Lippen umspielte und ihre lockigen langen Haare. Sie war einer jener Menschen, dessen Anwesenheit einen inneren Urlaub auslöste. Ich musterte sie in ihrem weißen Sommerkleid. Mein Blick blieb an ihrem üppigen Dekolletee hängen und ich spürte ein Gefühl in mir aufsteigen. Ein Gefühl das ich nicht deuten konnte! Linda schien es zu merken. Sie lächelte mich verlegen an und ich merkte, wie mir das Blut in den Kopf schoss. Puh, der Wein zeigt anscheinend sehr schnell seine Wirkung, dachte ich und lächelte in mich hinein.

„Es freut mich, dass es dir geschmeckt hat. Das Rezept bekommst du beim nächsten Mal", lachte Linda in dem Wissen, dass wir es ohnehin wieder vergessen würden.

„Alles klar. Warte Linda, ich trage das Geschirr ab, das ist das Mindeste."

„Cool, danke dir! Ich schenke uns noch ein Gläschen ein", kicherte Linda. Ich lächelte, nahm unsere Teller und ging durch Lindas großes Esszimmer in die Küche.

Ich wunderte mich immer, wie groß Lindas Küche war – und vor allem wie schick. Jede Hobbyköchin oder Hausfrau wäre wohl vor Neid erblasst. Ich stellte die Teller auf der großen Holzfläche ab und wollte mich gerade umdrehen, als ich spürte, wie ich von hinten umarmt wurde. Ich spürte einen sanften Kuss auf meinem Hals. Ich fühlte wie ich eine Gänsehaut bekam. Ich fuhr herum und sah direkt in Lindas strahlende Augen. Ich schien einen etwas verwirrten Eindruck zu machen, denn sofort sagte sie: „Es tut mir leid, Mary! Mich haben wohl die Gefühle etwas überwältigt. Es ist nur so: Du bedeutest mir so viel und eigentlich wünsche ich mir das schon sehr, sehr lange."

Sie grinste mich mit einem schiefen Mund an, der wohl Verlegenheit ausdrücken sollte, aber ihre Augen schienen direkt in meine Seele zu blicken. Ich spürte wie ein unbändiges Verlangen in mir aufstieg, ein Verlangen, das nicht kontrollierbar war. Heiße Lust erfasste meinen

Körper.

Ehe ich wusste, was ich tat und ohne nachzudenken, stammelte ich: „Ich … ich … ich wünsche mir das eigentlich auch schon sehr lange, Linda!" Ich beugte mich etwas runter und unsere Lippen trafen sich in einer Explosion der Sinnlichkeit. Ich spürte wie unsere Zungen eins wurden und sich liebkosten, fühlte, wie ich unter Lindas Kleid fuhr und ihre Brüste erkundete. Ich war in sexueller Hinsicht nie ein Kind von Traurigkeit gewesen, doch mit einer Frau hatte ich noch nie etwas gehabt. Und jetzt ausgerechnet mit meiner besten Freundin? Doch für solche Gedanken blieb mir keine Zeit. Ich umspielte mit meinen Fingern die Knospen von Lindas großen, straffen Brüsten. Linda stöhnte auf und küsste mich auf den Hals. Meine Lust kannte keine Grenzen mehr und ich gab mich völlig diesem Moment hin – einem jener Momente, in dem die Zeit still zu stehen scheint! Ich beugte mich über die Arbeitsplatte der Küche und spürte, wie Linda meinen Rock nach oben schob. Sie küsste meinen Po wild und leckte und erforschte jeden Zentimeter mit ihrer Zunge. Ich spürte eine feurige Wärme zwischen meinen Beinen. Oh Linda! Ausgerechnet wir! Ausgerechnet jetzt! Linda zog meinen Tanga nach unten, der auf den Küchenboden fiel. Sie spreizte meine Beine, ging in die Hocke und drückte ihr Gesicht zwischen meine Pobacken. Ich fühlte, wie ihre Zungenspitze lustvoll meine Klitoris umzüngelte. Ich spürte, wie ich immer feuchter wurde und stöhnte auf.

„Linda … mach weiter … gib es mir!", keuchte ich hervor. Linda schob mir zwei Finger rein und dirigierte so in einem intensiven Rhythmus meine Lust, die meinen Körper an den Rand des erträglichen brachte. Ich spreizte meine Pobacken noch mehr, damit Lindas Zunge meine Klitoris leichter liebkosen konnte. Ich fühlte das sanfte und doch bestimmte Spiel ihres Mundes, während sie mir ihre Finger immer weiter und immer tiefer hineinschob. Immer tiefer … und tiefer … und tiefer.

Ich schrie laut auf, als ich zum Orgasmus kam. Ich zitterte vor Erregung und Lust, als ich mich umdrehte und auf Linda herunterblickte. Linda erhob sich, küsste meinen Hals und sagte: „Komm! Lass uns auf das Sofa gehen."
Ich nickte lächelnd, während mein Kopf zu explodieren schien. Was für ein unbeschreibliches Gefühl! Linda nahm mich an der Hand und wir gingen gemeinsam zum Sofa,

wo wir uns beide komplett auszogen. Meine heiße Begierde kannte keine Grenzen. Ich leckte Lindas Brüste, küsste sie leidenschaftlich und liebkoste ihren Hals. Die Tatsache, dass wir als beste Freundinnen auch in dieser Hinsicht so gut harmonierten, machten mich noch heißer. Linda legte sich rücklings auf das Sofa, spreizte die Beine und gab ihre Vagina frei.

„Tu es …", flüsterte sie.

Ich schmeckte ihren Saft, roch ihren Duft und spürte das lustvolle Zittern ihres Körpers, als sich der Höhenpunkt in ihr aufbaute. Ich rieb ihre Klitoris mit meiner Hand und wurde immer schneller, während meine Zunge die Öffnung ihrer Vagina umspielte. Die ganze Szenerie war unglaublich intensiv und sexuell aufgeladen. Mit meiner anderen Hand umspielte ich meine eigene Vagina, was das Ganze noch heißer und geiler machte. Linda packte meinen Kopf mit beiden Händen und drückte mein Gesicht gegen ihre Vagina und rieb sie an meiner Zunge.

„Jaaaaa… Mary! Ohhh … Jaaaaaaaaaaaaaa!"

Lindas Orgasmus kam einer Explosion gleich und ich spürte eine tiefe Zufriedenheit, als Linda befriedigt und glücklich auf dem Sofa niedersank.

Ich nahm sie in den Arm, spürte ihre warme Haut auf meiner. Wir küssten uns leidenschaftlich und Linda murmelte ein „Danke", bevor sie einschlief. Mit der Erkenntnis, dass auch die unaussprechlichsten Sehnsüchte plötzlich wahr werden können, schlief ich ebenfalls ein.

Kapitel 9

Lüstern im Prunksaal

Ich ließ meinen Blick streifen und stellte erleichtert fest: Alles war perfekt! Hinter mir und meiner Crew lagen drei Wochen pausenloser Arbeit. Schuld daran war ein Jahrhundertereignis. Am morgigen Tag sollte der Thronfolger meines Heimatlandes seine langjährige Lebensgefährtin heiraten. Ich arbeite bereits seit acht Jahren bei der königlichen Familie am Hof und hatte das „große Los" gezogen, die Feierlichkeiten zu koordinieren. Deshalb waren Hochzeitstorten, Sieben-Gänge-Menüs, Tischdekorationen, Gästelisten, Einladungen, zeitliche Abläufe und Sitzordnungen mein ziemlich einziger Lebensinhalt in den vergangenen Wochen gewesen.

Aber nun stand ich im großen Prunksaal, in dem die Ehrengäste Platz finden sollte und begutachtete die tolle Arbeit meiner Mitarbeiter. Ich schnaufte erleichtert durch – wir hatten uns selbst übertroffen! Der Saal sah aus wie im Märchen. Auch in der Küche, die ich vor zehn Minuten besucht hatte, liefen die Vorbereitungen reibungslos. Und das alles für diesen aufgeblasenen Gockel und seine hochnäsige Ziege, dachte ich in einem Anflug von Bitterkeit. Der Prinz war ein eingebildeter Mann, der sich seine Stellung zu jeder Zeit anmerken ließ, während seine Braut alles und jeden kritisierte. Seit der Prinz und sie verlobt waren, hatte sie sechs langjährige Mitarbeiter des Hofes entlassen und ich wunderte mich ehrlich, dass es mich noch nicht getroffen hatte. Dann hätte ich diesen Wahnsinn wenigstens nicht organisieren müssen, dachte ich schmunzelnd.

Ein Klatschgeräusch riss mich aus meinen Gedanken. „Bravo, Elena! Der Saal sieht wunderschön aus." Ich drehte mich um und sah in das strahlende Gesicht von Anders. Anders war der jüngere Bruder des Prinzen. Ich verstand mich blendend mit ihm. Er war stets höflich und freundlich, hatte gute Manieren, viel Witz, ein offenes Gesicht und strahlend blonde Haare. Ein freundliches Lächeln umspielte seine Lippen. Er war 32 Jahre und damit ein Jahr jünger als ich.

„Dann kann das wichtigste Ereignis der Menschheitsgeschichte ja steigen", meinte er sarkastisch lachend.

„Anders!", protestierte ich. „Und wie oft habe ich dir schon gesagt, du sollst dich nicht immer so anschleichen."

„Ach, Elena. Das ist doch nicht so schlimm. Ich betrachte schon seit fünf Minuten deine wunderschöne Kehrseite und du hast es nicht gemerkt. Irgendwann musste ich auf mich aufmerksam machen", entgegnete er spitzbübisch zwinkernd. Er legte mir einen Arm um die Schultern und ich spürte, wie mir ganz heiß wurde.

Anders war nicht der klassische „Royal", wie man ihn sich vorstellte oder aus der Presse kannte. Er war vielmehr ein ganz normaler Mann, der in die Welt des Adels hineingeboren wurde. Tatsächlich verachtete er das höfische Leben und die gehobene Gesellschaft. Er meinte oft zu mir, er wäre lieber ein bürgerlicher Mann ohne Verpflichtungen. Von dieser Haltung zeugten auch seine mitunter exzessiven Ausflüge ins Nachtleben, die für die Presse jedes Mal ein gefundenes Fressen waren – und für den königlichen Hof unglaublich peinlich. Doch solche Eskapaden lachte er stets mit seiner charmanten Art weg. Anders und ich hatten über die Jahre ein gutes Verhältnis aufgebaut und ich ertappte mich oft bei dem Gedanken, wie es wäre mit ihm zu schlafen. Und wenn ich Anders´

Blicke richtig deuten konnte, die ich gelegentlich auf meinem Körper spürte, wäre er wohl auch nicht abgeneigt gewesen …

„Was meinst du Elena? Wollen wir hier noch ein bisschen Leben in den Saal bringen, bevor morgen die adelige Zombie-Elite aufläuft?", fragte er mich feixend.

Ich konnte ein Grinsen nicht unterdrücken, wusste aber nicht was er meinte. Im nächsten Moment küsste er mich. Unsere Lippen öffneten sich und unsere Zungen tanzten innig miteinander – es fühlte sich so gut an. Ich schob meine Hände unter sein Hemd und spürte seinen durchtrainierten Bauch. Er zog meine Bluse aus, öffnete meinen BH. Meine harten Brustknospen wurden von seiner wilden Zunge umspielt und liebkost. Ich fühlte wie ich zwischen meinen Beinen feucht wurde. Er riss sich sein Hemd vom Körper, die Knöpfe fielen klappernd auf den Boden. Anders hob mich hoch und drückte mich fest an sich, während wir uns weiter leidenschaftlich küssten. Meine Brüste berührten seine Haut – ein Gefühl, das meinen Kopf fast explodieren ließ. Er trug mich an einen der Banketttische.

Er schob klirrend die Dekoration und das Geschirr beiseite und legte mich rücklings auf das seidenweiche Tischtuch. Ich sah seinen wundervollen Körper und er hatte ein charmantes Lächeln auf den Lippen, als er mich betrachtete. Mein Gott, war ich angetörnt! Anders hob mein Becken an. In einer fließenden Bewegung zog er mir meine Hose und meinen Tanga herunter. Er beugte sich zu mir über den Tisch, seine Zunge und Lippen umspielten meinen Hals. Ich stöhnte auf, als er einen Finger hineinschob. Anders´ Augen blitzten vor Erregung und vor Lust. Sämtliches Blut meines vor Erregung zitternden Körpers, schien sich zwischen meinen Beinen zu sammeln. Ich stöhnte auf und keuchte: „Mach es! Anders, gib es mir!" Er machte seine Anzugshose auf, zog sich seinen Slip herunter und gab den Blick auf seine Männlichkeit preis. Er lächelte. „Willst du es Elena?" Mein Körper schien in Flammen zu stehen, während ich nur ein Stöhnen hervorbrachte. Mit einer Bewegung drang er in mich ein und ich schrie voller Lust auf. Anders stöhnte und drang tiefer in mich ein. Ich spürte sein Glied in mir, während meine Vagina immer feuchter wurde. Meine Erregung stieg ins Unermessliche. Mit jedem Stoß stöhnte Anders mehr auf. Ich gab mich immer mehr dem

Moment hin. Ich spürte ihn in mir, hörte seine Laute der Lust, die Geräusche der Liebe – jene Geräusche, die man nur in Momenten der totalen Ekstase von sich gab. Ich fühlte, wie der Tisch unter mir fast synchron mit Anders´ Bewegungen vibrierte. Mein ganzer Körper zitterte vor Begierde, während er mich weiter liebte – immer weiter. Immer tiefer. Immer härter! Als Anders mit einer Hand meine Brust massierte und mit der anderen meine Lustperle umspielte gab es kein Zurück mehr. Ich schrie auf und stöhnte voller Lust – befriedigt von ihm, von diesem Moment und diesem unbeschreiblich intensiven Gefühl. Ich kam zu einem Höhepunkt, der mir fast die Sinne raubte. Ich fühlte lodernde Wärme und eisige Kälte zugleich. Während ich stöhnte und bebte, schien ich meinen Körper zu verlassen. Ich sah die gesamte Szenerie von oben, sah wie Anders zum Orgasmus kam und wir uns Arm in Arm innig küssten. Das Geschirr, das wir auf dem Tisch zerschlagen hatten und die Hochzeit von Anders´ Bruder interessierten uns nicht. Wir hatten nur Augen und Sinne für den Körper des Anderen. Das Morgen und die Realität sollten früh genug kommen - doch heute Nacht gehörte der Festsaal ganz alleine uns!

Kapitel 10
Die geile Extra-Übung

Acht … neun … zehn … elf … zwölf – geschafft! Ich beendete mein Workout mit diesem letzten Satz Kniebeugen. Um die Herausforderung noch zu steigern, hielt ich zwei Hanteln in den Händen. Ich fühlte mich richtig gut und lebendig. Dafür war einzig und alleine der Sport verantwortlich, da er meinem Leben wieder eine Struktur gab. Meinem Leben, das vor zehn Monaten in Trümmern lag. Ich werde den stürmischen Januartag nie vergessen, als ich früher Feierabend machte. Ich wollte vor Jim zuhause sein und ihn mit einem romantischen Abendessen überraschen. Ihm sein Lieblingsgericht kochen… Schon als ich den Schlüssel in das Türschloss steckte, hörte ich im inneren unserer Wohnung das lustvolle Stöhnen einer Frau. Wie paralysiert ging ich durch den Flur der Wohnung, auf unser Schlafzimmer zu. Mit jedem Schritt wurde das Stöhnen lauter, ich hörte klatschende Geräusche und das Keuchen von Jim. Meine Welt stand still, als ich die Klinke zur Schlafzimmertür herunterdrückte – und kurz danach zerbrach sie!

Es folgte eine grausame Zeit. Jim, von dem ich dachte, er würde eines Tages mein Mann werden, zog sofort aus. Im letzten Gespräch offenbarte er mir noch, dass er mich quasi während der gesamten Zeit unserer Beziehung mit unzähligen Frauen betrogen hatte. Danach sah ich ihn nie wieder. Ich fiel in ein tiefes Loch, schien mein Leben doch eine einzige Lüge gewesen zu sein... Über Monate hinweg trank ich jeden Abend unzählige Drinks, aß Eis, bestellte mir Pizza und weinte mich jeden Tag in den Schlaf. Als ich eines Morgens verkatert in einem „Krisengespräch" mit meinem Chef saß, dem mein Leistungsabfall nicht entgangen war, fasste ich den Entschluss, dass es so nicht weitergehen konnte. Jim würde mein Leben nicht zerstören – nicht dieses untreue Arschloch!

Fast schon aus Trotz schrieb ich mich in einem der größten Fitnessstudios der Stadt ein – und einem der besten! Ab sofort wurde das „All for Fit" mein zweites Zuhause. Ich trainierte viel und hart und merkte, wie die unzähligen Stunden mit den Hanteln in der Hand, auf dem Laufband oder auf dem Cross-Trainer nicht nur meinen Körper veränderten – sie reinigten meine Seele. Zum ersten Mal seit Jahren, war ich mit mir selbst im Reinen und zufrieden mit mir. Eine Durchsage riss mich aus meinen Gedanken: „Liebe Sportfreunde, wir bitten Sie ihr Training langsam, aber sicher zu beenden. Wir schließen demnächst." Ich ließ den Blick wandern und stellte überrascht fest, dass ich die einzige Anwesende war. Ich blickte auf mein Handgelenk. 23:30 funkelten mir die digitalen Ziffern, meiner Sportarmbanduhr entgegen. Ich hatte Morgen frei und hätte deshalb gerne noch einen letzten Lauf auf dem Band gemacht, doch die Zeit schien mir einen Strich durch die Rechnung zu machen. Ich schnappte mir mein Handtuch und meine Trinkflasche und verließ die leere Sporthalle, in der sich ein Sportgerät ans nächste reihte.

Es gefiel mir jedes Mal aufs Neue, die Kabine zu betreten. Diese verfügte über einen schönen gefliesten Boden, großen Bänken in warmen Holztönen und dazu passenden Spinds, die mit rosa Applikationen versehen waren. Da kann die Kabine beim Schulsport früher nicht mithalten, dachte ich grinsend. Doch auch hier befand sich niemand, offensichtlich war ich wirklich die letzte. Schnell schlüpfte ich aus meinen Sneaker, zog mir meine Leggins und meinen Tanga herunter und entledigte mich meines Shirts und meines BH´s. Mit meinem Handtuch ging ich in

Richtung der Duschen, die man Dank mediterraner Dekoration als Wohlfühloase bezeichnen konnte. Ich spürte wie das lauwarme Wasser über meinen Körper lief, wie mein schulterlanges Haar nass wurde – und wie mein Körper Endorphine ausschüttete. Die Einsamkeit in der Dusche machte mich an. Ich war völlig alleine. Eine plötzliche Lust überfiel mich.

Ich schloss meine Augen und meine rechte Hand wanderte zwischen meine Beine, wo meine Lustperle immer mehr anschwoll. Meine Finger umspielten sie und rieben sie sanft. Ich stöhnte leise auf und fühlte wie eine flammende Lust in mir aufstieg, die sich zwischen meinen Beinen konzentrierte. Ich bewegte meine rechte Hand schneller auf und ab und stimulierte meine Weiblichkeit. Ich merkte wie sich der Orgasmus in mir aufbaute. Ein lautes „Fuck! Sorry!", sprengte diesen Moment der Lust. Ich riss die Augen auf.

In der Tür, die zu den Duschen führte, standen zwei Männer, die ich bereits sehr gut kannte. Es waren Steve und Michael, die beide als Fitness-Trainer im „All for Fit" arbeiten. Beide waren ihrem Beruf entsprechend sehr gut gebaut. Steve hatte einen gepflegten Vollbart und eine schicke Kurzhaarfrisur, während Michale glattrasiert war und seine Haare länger trug. Ich hatte mit beiden während meiner zahlreichen Aufenthalte im Studio schon oft Kontakt gehabt und mochte beide. Steve hatte ein eher zurückhaltendes Wesen, das aber dennoch sehr charmant war. Bei Michael hatte ich dagegen immer das Gefühl, dass er mich mit seinen Augen auszog. Doch sein gewinnendes Lächeln ließ mich stets aufs Neue fast dahinschmelzen.

„Michael?! Steve? Warum? Was … Was zur Hölle macht ihr in der Frauen-Dusche?", stammelte ich.

Obwohl ich komplett nackt vor ihnen stand, bedeckte ich weder meine Vagina, noch meine Brüste.

„Katy! Wir wussten nicht …", fing Steve an, „dass noch jemand hier ist!", vollendete Michael seinen Satz.

„Wir wollten nur sehen, ob noch jemand hier ist, bevor der Laden hier schließt", fuhr er fort.

Die beiden trugen kurze Shorts, die ihre trainierten Beine zeigten und ihre ärmellosen Shirts mit dem Logo des Studios gaben den Blick auf ihre Armmuskeln frei. Ich spürte wie sich Erregung und Lust in mir ausbreitete. Ich konnte das wärmende Gefühl, dass wieder in mir aufstieg nicht mehr ignorieren. Ich hatte Lust! Ich wollte ES! Ich wollte sie – BEIDE!

Während Steve etwas verlegen dreinblickte, musterte Michael ganz ungeniert meinen Körper. Sein Blick blieb an meinen Brüsten haften und er verzog den Mund zu einem Grinsen. „Sorry für die Störung! Wir gehen jetzt, MICHAEL", stieß Steve hervor, der die Blicke seines Kollegen zu sehen schien.

Ehe ich wusste, was ich tat hörte ich mich sagen: „Wisst ihr, ich hatte einen ziemlich erfolgreichen Tag. Es wäre schön, wenn er noch erfolgreicher ausklingen könnte. Wenn ihr Lust habt, könnt ihr mir hier gerne Gesellschaft leisten.".

Ich lächelte sie an. Steve schien etwas verwirrt zu sein, doch Michael war bereits dabei sein Shirt auszuziehen. Er entblößte seinen durchtrainierten Oberkörper und kam zu mir. Ich kniete mich vor ihm auf den Boden, zog ihm ruckartig seine Short herunter. Seine pralle Männlichkeit kam zum Vorschein und mir gefiel, was ich sah. „Na dann, Katy. Die letzte Übung für heute!", grinste er mich an. Ich nahm sein warmes, pulsierendes Glied in meine rechte

Hand. Ich schloss meine Augen, öffnete den Mund. Ich umspielte seine Männlichkeit mit meiner Zunge und hörte, wie Michael aufstöhnte. Ich bewegte meinen Kopf vor und zurück und spürte wie sich mein Speichel und seine Tropfen der Lust in meinem Mund vermischten. Ich spürte, wie ich zwischen den Beinen feucht wurde. Ich fühlte mich unfassbar lebendig. Als ich die Augen öffnete sah ich das steinharte Glied von Steve, das sich vor meinem Gesicht präsentierte. Ich sah Steve kurz an, er lächelte etwas verlegen, doch in seinen Augen funkelte die Gier und die Lust.

Ich gab Michael frei und bearbeitete ihn mit meiner rechten Hand, während ich Steve liebkoste, der das Ganze mit lustvollen Lauten begleitet. Ich fühlte wie an der Innenseite meiner Schenkel mein Lustsaft hinablief und wie meine Brustwarzen anschwollen. Ich erhob mich aus meiner knienden Position und ging mit Steve und Michael zurück in die Kabine. „Jetzt seid ihr dran", sagte ich lachend. Ich schubste Steve spielerisch auf die Sitzbank und drückte ihn nach unten. Er stöhnte auf, als ich mich rittlings auf ihn setzte und mir seine harte Männlichkeit einführte. Ich ritt ihn hart und ohne Gnade und spürte die feurige Lust zwischen meinen Beinen. Ich stöhnte auf.

Voller Lust, voller Ekstase.

„Komm Michael … Komm!", keuchte ich hervor.

Ich lag nun rittlings auf Steve und konnte so mein Poloch freigeben.

„Schieb ihn mir rein Michael! Tu es …".

Ich stöhnte vor Lust auf und hieß den süßen Schmerz willkommen, als Michael in mein zweites Loch eindrang. Ich lag nun zwischen Steve, der mich von unten in meine Vagina stieß und Michael, der von hinten rammte. In zwei Löcher gleichzeitig penetriert zu werden, raubte mir fast alle Sinne. Die feurige Wärme in beiden Löchern zu fühlen, war eine völlig neue und intensive Erfahrung. Ich spürte, wie sich mit jedem Stoß der Orgasmus aufbaute – mehr und mehr und mehr. Ich schrie vor Lust auf, als Steve und Micheal meinen beiden Körperöffnungen ein Fest der Lust schenkten. Ich spürte die Reibung, den heißen Schmerz.

Mein Orgasmus kam plötzlich, ich schrie meine Lust heraus und auch meine heißen Hengste kamen zum Höhepunkt. Ich spürte ihren Liebessaft kommen und hörte lautes Stöhnen. Als ich zwischen diesen beiden attraktiven Männern lag, die mich gerade ultimativ befriedigt hatten wusste ich, dass Jim wirklich keine Rolle mehr in meinem Leben spielte. Ich hatte Spaß an meinem Leben – wann ich wollte und mit WEM ich wollte! Und ich lachte voller Befriedigung und Genugtuung auf: Mein Leben gehörte nur MIR!

Haftungsausschluss

Impressum

© Philine Rouge
2. Auflage 2019
Management und Ansprechpartner: Raphael Fröschlin
Schlossstraße 11
74639 Zweiflingen